Scrittori italiani e stranieri

Alex Schulman

I sopravvissuti

ROMANZO

Traduzione di Andrea Stringhetti

MONDADORI

mondadori.it

ISBN 978-88-04-74629-4

Titolo dell'opera originale
Överlevarna
I edizione marzo 2022

I sopravvissuti

A Calle e Niklas

Prima parte

LA CASA DI CAMPAGNA

1

Ore 23.59

Una volante della polizia attraversa lentamente la boscaglia azzurra, percorrendo lo stretto sentiero sterrato che porta al giardino. Lì, solitaria sul promontorio, si trova la casa di campagna, nella notte di giugno che non diventa mai del tutto nera. È una costruzione di legno semplice, dalle proporzioni sballate, un po' più alta di quanto dovrebbe essere. I profili bianchi sono sbiaditi, il legno rosso sul lato meridionale è bruciato dal sole. Le tegole sono coperte di vegetazione, il tetto come la pelle di un animale preistorico. Adesso non c'è vento e fa un po' freddo, condensa in basso sui vetri. Un solitario bagliore di un giallo accecante da una finestra al piano superiore.

Più giù c'è il lago, limpido e fermo, circondato da betulle fino alla riva. E la casetta in cui i bambini facevano la sauna nelle sere estive con il padre, poi zampettavano in acqua sui sassi appuntiti, in fila indiana, allargando le braccia come crocifissi per mantenere l'equilibrio. «È bellissima!» gridava il papà dopo essersi tuffato e la sua voce risuonava sull'acqua, poi calava un silenzio che esisteva solo in quel posto così lontano da tutto il resto, un silenzio che a volte spaventava Benjamin, ma che altre volte gli faceva sentire che tutto era in ascolto.

Più in là lungo la riva si trova una rimessa per le barche;

il legno è marcio e la costruzione pende ormai verso l'acqua. Salendo c'è il fienile, con milioni di buchi di termiti nelle travi e le tracce di settant'anni di escrementi di animali sul pavimento. Tra il fienile e la casa il praticello dove i bambini giocavano a calcio. Il terreno è in pendenza, chi gioca spalle al lago ha il campo in salita.

Questa è l'ambientazione, pochi piccoli edifici su una piana erbosa con l'acqua davanti e il bosco dietro. Un luogo inaccessibile, solitario adesso come tanti anni fa. Anche mettendosi sulla punta della lingua di terra non si scorgevano tracce di vita umana. Qualche rara volta sentivano passare una macchina sul sentiero dall'altro lato del lago, il rumore lontano di un motore a giri bassi; nelle afose giornate estive riuscivano a vedere la nube di polvere che poi si levava dal bosco. Ma non incontravano nessuno, erano soli in quel posto che non lasciavano mai e in cui non veniva nessuno. Una volta videro un cacciatore. I bambini stavano giocando nel bosco e all'improvviso eccolo lì. Un uomo vestito di verde con i capelli bianchi a venti metri di distanza, che scivolava silenzioso tra gli abeti. Superandoli guardò senza espressione i bambini portando l'indice alla bocca per poi proseguire tra gli alberi e svanire. Rimase sempre nell'ombra, come un misterioso meteorite che passava vicino attraversando la volta celeste senza colpire. I bambini non ne parlarono mai e a volte Benjamin si chiedeva se fosse successo davvero.

Sono passate due ore dal tramonto. La volante della polizia viaggia con cautela lungo lo sterrato. Il guidatore guarda inquieto davanti al cofano per vedere cosa lascia sotto di sé nella discesa, si china sul volante e alza lo sguardo, ma non riesce comunque a scorgere la cima delle chiome degli alberi. Gli abeti che si levano sopra la casa sono incredibili. Erano enormi già quando i bambini erano piccoli, figurarsi ora. Si stagliano a trenta, quaranta metri d'altezza. Il padre dei bambini era sempre orgoglioso della fertilità del luogo, come se fosse merito suo. Piantava germogli di ravanello all'inizio di giugno e dopo soltanto un paio di settimane portava i figli nell'orto per mostrargli la fila di puntini rossi che sbucavano dal suolo. Ma non ci si può fidare della fertilità intorno alla casa, qua e là il terreno è completamente morto. Il melo che il papà regalò alla mamma per il suo compleanno è ancora dove lui lo ha piantato, ma non cresce e non dà frutto. In certi punti la terra è priva di sassi, nera e pesante, in altre parti la montagna è vicina, proprio sotto l'erba. Quando il papà decise di montare un recinto per le galline, in alcune zone la barra di ferro penetrava nel terreno morbidamente e con un suono attutito nell'erba pesante di pioggia, in altre faceva rumore appena sotto terra e lui gridava, le mani vibravano per la resistenza della montagna.

Il poliziotto scende dalla macchina. I movimenti abitudinari mentre abbassa il volume dell'apparecchio sulla spalla che trasmette il caratteristico cinguettio. È un omone. Gli strumenti del mestiere rovinati e di un nero sbiadito che pendono dalla vita lo fanno apparire in qualche modo ben piantato; il loro peso lo tira in basso verso la crosta terrestre.

I lampeggianti sopra gli alti abeti.

C'è qualcosa in quella luce, le montagne tendenti al blu sopra il lago e i lampeggianti della volante, che chiede di essere messo su una tela.

L'agente fa qualche passo verso la casa e si ferma. Di colpo sembra perplesso e osserva la scena. I tre uomini sono seduti uno accanto all'altro sui gradini di pietra che conducono alla porta d'ingresso. Piangono, si abbracciano. Indossano giacca e cravatta. Di fianco a loro c'è un'urna funeraria. L'agente cerca il contatto visivo con uno dei tre, che si alza. Gli altri due restano seduti, ancora abbracciati. Sono fradici e malmessi, il poliziotto capisce perché è stata chiamata un'ambulanza.

«Mi chiamo Benjamin. Ho dato io l'allarme.»

Il poliziotto cerca un taccuino nelle tasche. Non sa che è quasi impossibile appuntare questa storia su un pezzo di carta, lui arriva alla fine di un racconto lungo diversi decenni, quello di tre fratelli che una volta, molto tempo fa, furono strappati via da quel posto e ora ci sono dovuti tornare; non sa che qui tutto è collegato, nulla sta per conto suo o può essere spiegato a sé. Il peso di ciò che sta accadendo è grande, ma ovviamente la maggior parte è già successa. Quello che si svolge sui gradini, il pianto dei tre fratelli, le facce gonfie e il sangue sono soltanto l'ultimo anello nell'acqua, il più esterno, il più lontano dal punto di impatto.

2
La gara di nuoto

Ogni sera Benjamin si piazzava in riva con il retino e il secchio, proprio sopra il punto inclinato della spiaggia dove stavano la mamma e il papà. Seguivano il sole che scendeva, spostavano tavolo e sedie di qualche metro appena finivano all'ombra e continuavano così, muovendosi lentamente nell'imbrunire. Sotto il tavolo c'era Molly, il cane, che guardava svanire il suo tetto stupita, per poi accodarsi alla carovana nel viaggio verso la riva. I genitori di Benjamin erano arrivati alla stazione finale e fissavano il sole abbassarsi lentamente sopra le chiome dall'altro lato del lago. Stavano seduti uno accanto all'altra, spalla contro spalla, perché entrambi volevano osservare l'acqua. Le sedie di plastica bianca conficcate nell'erba alta, un tavolino di legno sbilenco sul quale i bicchieri di birra pieni di ditate scintillavano al sole della sera. Un tagliere con un fondino di salame, mortadella e ravanelli. Una borsa frigo sull'erba in mezzo a loro per tenere in fresco la vodka. Ogni volta che il papà si versava un goccio diceva un breve "cin" e sollevava il bicchiere in direzione del nulla per poi bere. Quando il papà tagliava i salumi il tavolo tremava, la birra schizzava, una rapida irritazione passava sul volto della mamma che con una smorfia sollevava il bicchiere finché non aveva finito. Il papà non si accorgeva minimamente di queste cose, Benjamin invece sì. Notava ogni sfumatura, si teneva sempre un po' distante in modo da starsene in pace, ma abbastanza vicino da poter seguire le conversazioni, controllare l'atmosfera e gli umori. Sentiva i loro soliti borbottii, le posate contro i piatti, il rumore di uno dei due che si accendeva una sigaretta, un flusso di suoni che indicava che tra loro era tutto a posto.

Benjamin camminava lungo la riva con il suo retino. Osservava l'acqua scura, ogni tanto gli capitava un riflesso del sole e gli occhi gli facevano male come se si fossero rotti. Stava in equilibrio sui sassi più grandi, esaminava il fondale a caccia di girini, quei meravigliosi animaletti, neri e apatici, piccole virgole nuotatrici. Ne raccoglieva qualcuno con il retino e li imprigionava nel secchio rosso. Era una tradizione. Collezionava girini con i genitori sullo sfondo, e al calare del sole, quando si alzavano per tornare in casa, li ributtava nel lago e risaliva con loro. E la sera dopo ricominciava. Una volta dimenticò i girini nel secchio. Quando se ne accorse il pomeriggio seguente erano tutti morti, sterminati dal calore del sole. Nel terrore che il papà lo scoprisse, Benjamin versò il secchio in riva, e anche se sapeva che il papà era in casa a riposare sentiva il suo sguardo bruciargli sulla nuca.

«Mamma!»

Benjamin alzò gli occhi verso la casa e vide il fratellino scendere lungo il pendio. Riusciva a cogliere la sua irrequietezza fin da lì. Quello non era un posto per persone impazienti. In particolare quell'estate: quando erano arrivati, una settimana prima, i genitori avevano deciso che non avrebbero guardato la televisione per tutta la vacanza. La cosa era stata comunicata solennemente ai figli e soprattutto Pierre aveva preso male il fatto che il papà avesse staccato il cavo del televisore e avesse piazzato dimostrativamente la spina sopra l'apparecchio, come una pubblica esecuzione in cui il corpo doveva rimanere appeso come avvertimento, in modo che tutta la famiglia ricordasse ciò che succedeva alla tecnologia che minacciava la decisione di trascorrere le estati all'aperto.

Pierre aveva i fumetti, che la sera leggeva lentamente e mormorando ad alta voce tra sé sdraiato con la pancia sull'erba. Alla fine però gli passava la voglia e scendeva sempre dai genitori, e Benjamin sapeva che la mamma e il papà potevano reagire in modo diverso; a volte era possibile accoccolarsi in braccio alla mamma e lei ti accarezzava piano la schiena. Altre volte manifestava irritazione e il momento andava perso.

«Non ho niente da fare» disse una volta Pierre.

«Non vai a raccogliere girini con Benjamin?» chiese la mamma.

«No» rispose lui. Si mise in piedi dietro la sedia della mamma e socchiuse gli occhi verso il sole basso.

«E Nils? Non potete trovare qualcosa da fare?»

«Tipo?»

Silenzio. La mamma e il papà se ne stavano lì, praticamente senza energie, sprofondati nelle loro sedie di plastica, appesantiti dall'alcol. Guardavano il lago. Era come se riflettessero sulle cose da dire, sulle proposte di attività, ma non uscivano le parole.

«Cin» borbottò il papà vuotando un bicchierino, poi fece una smorfia e batté le mani tre volte. «Bene» esclamò. «Voglio vedervi tutti e tre in costume qui tra due minuti!»

Benjamin sollevò lo sguardo, si allontanò di qualche passo dalla riva. Lasciò cadere il retino nell'erba.

«Ragazzi!» gridò il papà. «A raccolta!»

Nils ascoltava la musica con il walkman sull'amaca appesa tra due betulle accanto alla casa. Mentre Benjamin tendeva l'orecchio verso i suoni della famiglia, Nils li spegneva. Benjamin si avvicinava costantemente ai genitori, Nils cercava di staccarsi da loro. Sceglieva un'altra stanza, non partecipava. Quando i fratelli andavano a letto la sera, a volte sentivano le liti dei genitori attraverso la parete di compensato. Benjamin registrava ogni singola parola, controllava i danni prodotti dalla conversazione. Certe volte si gridavano cattiverie incomprensibili, dicevano cose così pesanti da sembrare irreparabili. Benjamin rimaneva a letto per ore a riprodurre la conversazione nella sua testa. Nils invece pareva veramente imperturbato. «Che manicomio» mormorava quando la discussione si accendeva, poi si girava dall'altra parte e si addormentava. Se ne fregava: di giorno stava per i fatti suoi senza farsi sentire, a parte gli improvvisi scatti d'ira che divampavano e svanivano. «Fanculo!» si sentiva a volte provenire dall'amaca e Nils ondeggiava sbracciandosi isterico per scacciare una vespa che si era avvicinata. «Maledette pazze malate di mente!» gridava mulinando le mani in aria. Poi tornava la calma.

«Nils!» gridò il papà. «A raccolta sulla spiaggia!»

«Non sente» disse la mamma. «Sta ascoltando la musica.»

Il papà gridò più forte. Nessuna reazione dall'amaca. La mamma sospirò, si alzò e andò da Nils agitandogli le braccia davanti agli occhi. Lui si tolse le cuffie. «Il papà vi vuole» disse lei.

A raccolta sulla spiaggia. Era un momento d'oro. Il papà con quel guizzo speciale nello sguardo che i fratelli adoravano, una scintilla che prometteva giochi e divertimento, e sempre la stessa solennità nella voce mentre presentava una nuova sfida, austero con il sorriso celato all'angolo della bocca. Cerimonioso e altero, come se ci fosse molto sul piatto.

«Le regole sono facili» disse ergendosi imponente davanti ai tre fratelli in costume con le loro gambe sottili. «Al mio segnale, ragazzi, dovrete buttarvi in acqua, nuotare fino alla boa là in fondo e poi tornare a riva. Vince chi arriva primo.»

I bambini si misero in posizione.

«Chiaro per tutti?» disse. «È qui che si decide chi è il più veloce tra voi.»

Benjamin si picchiò le cosce magre, come aveva visto fare agli sportivi in televisione prima delle competizioni più importanti.

«Aspettate» disse il papà togliendosi l'orologio. «Vi cronometro.»

Premette i piccoli tasti dell'orologio digitale con i pollici troppo grossi e non riuscendo a farlo funzionare mormorò tra sé "fanculo". Alzò gli occhi.

«Ai vostri posti.»

Benjamin e Pierre si spintonarono nel tentativo di guadagnare una posizione di partenza vantaggiosa.

«Dài, smettetela» disse il papà. «Non si fa.»

«Altrimenti lasciamo perdere» disse la mamma, ancora seduta al tavolo, e si riempì il bicchiere.

I fratelli avevano sette, nove e tredici anni e quando giocavano a calcio o a carte insieme potevano benissimo finire a litigare con una veemenza tale che Benjamin sentiva spezzarsi qualcosa tra loro. La violenza aumentava ulteriormente quando il papà li metteva uno contro l'altro, quando dichiarava apertamente che voleva sondare quale dei figli fosse il più bravo in qualcosa.

«Ai vostri posti... Pronti... Via!»

Benjamin si lanciò verso il lago con i due fratelli alle calcagna. In acqua. Sentiva le grida alle sue spalle, la mamma e il papà dalla riva.

«Bravi!»

«Forza!»

Qualche rapido passo e il fondale di sassi appuntiti scomparve sotto di lui. Freddo di giugno nella baia e poco fuori le strane correnti di acqua ancora più fredda che andavano e venivano, come se il lago fosse qualcosa di vivo che voleva metterlo alla prova con diversi tipi di freddo. La boa in polistirolo bianco galleggiava immobile nello specchio lucido del lago davanti a loro. I fratelli l'avevano calata in acqua qualche ora prima, quando erano andati a gettare le reti con il papà. Benjamin però non ricordava che l'avessero messa così al largo. Nuotarono in silenzio, per risparmiare energie. Tre teste nell'acqua nera, gli incitamenti dalla spiaggia sempre più lontani. A un certo punto il sole scomparve dietro gli alberi sull'altra sponda. Calò il buio, di colpo si trovarono a nuotare in un altro lago. A Benjamin l'acqua sembrava estranea. Di punto in bianco prese coscienza di tutto ciò che accadeva sotto di lui, degli animali che forse non li volevano lì. Pensò a tutte le volte in cui si era trovato sul lago con i fratelli mentre il papà raccoglieva i pesci dalla rete e li buttava sul fondo della barca. I fratelli si sporgevano per vedere i piccoli denti dei lucci aguzzi come punteruoli, le pinne spinose dei persici. Qualche pesce si dibatteva e i fratelli sobbalzavano urlando, e il papà si spaventava per le grida improvvise mettendosi a urlare anche lui agitato. Poi scendeva di nuovo la calma, con il papà che mormorava mentre riavvolgeva la rete: «Non potete avere paura dei pesci». Benjamin pensò che in quel momento quelle creature stavano nuotando proprio accanto a lui o sotto di lui, nascoste dall'acqua scura. La boa bianca, improvvisamente rosa nel crepuscolo, era ancora lontana.

Dopo qualche minuto di gara le posizioni di partenza si erano distanziate: Nils un bel po' più avanti di Benjamin che aveva staccato Pierre alle sue spalle. Ma quando di colpo scese il buio e il freddo cominciò a mordere le cosce i fratelli si riaccostarono. Nel giro di poco nuotavano di nuovo vicini. Forse non ci pensarono nemmeno, e non l'avrebbero mai ammesso apertamente, però non avrebbero abbandonato uno degli altri in acqua.

Le teste sprofondavano sempre più sotto la superficie. Le bracciate si facevano più corte. All'inizio l'acqua spumeggiava per i movimenti dei fratelli, ora invece il lago era in silenzio. Quando raggiunsero la boa Benjamin si voltò a guardare la casa. Sembrava un mattoncino di Lego rosso. Solo in quel momento si rese conto di quanto mancava per tornare.

La stanchezza arrivò dal nulla. L'acido lattico gli impediva di sollevare le braccia davanti a sé. Rimase così sconvolto da dimenticare i movimenti delle gambe, non sapeva più come si faceva. Il gelo si sprigionò dal collo verso la nuca. Sentiva il proprio respiro farsi più corto e intenso, e un'atroce consapevolezza gli riempì il petto: non sarebbe riuscito a tornare a riva. Vide Nils piegare il collo all'indietro per non far entrare l'acqua in bocca.

«Nils» lo chiamò. Nils non reagì, continuò a nuotare con lo sguardo rivolto verso il cielo. Benjamin raggiunse il fratello maggiore, respiravano affannosamente uno in faccia all'altro. Gli sguardi si incrociarono e Benjamin notò un terrore negli occhi del fratello che non gli era familiare.

«Come va?» chiese.

«Non lo so...» ansimò Nils. «Non so se ce la faccio.»

Nils si allungò verso la boa e si appese con entrambe le mani per potersi appoggiare, ma quella non resse il peso e affondò nell'oscurità sotto di lui. Nils diede un'occhiata verso terra.

«Impossibile» mormorò. «È troppo lontano.»

Benjamin si sforzò di ricordare quello che aveva imparato in piscina, durante le lunghe lezioni dell'istruttore sulla sicurezza in acqua.

«Dobbiamo stare tranquilli» disse a Nils. «Fare bracciate più lunghe. Respiri più profondi.»

Gettò un'occhiata a Pierre.

«Come va?»

«Ho paura» rispose lui.

«Anch'io» disse Benjamin.

«Non voglio morire!» gridò Pierre. Gli occhi umidi proprio sopra la superficie.

«Vieni qui» disse Benjamin. «Vicino a me.»

I tre fratelli si avvicinarono nell'acqua.

«Aiutiamoci» continuò.

Nuotarono uno accanto all'altro verso casa.

«Bracciate lunghe» disse Benjamin. «Facciamo bracciate lunghe insieme.»

Pierre smise di piangere e riprese a nuotare deciso. Dopo un po' trovarono un ritmo comune, movimenti comuni, respiri profondi, dentro e fuori.

Benjamin guardò Pierre e scoppiò a ridere.

«Hai le labbra blu.»

«Anche tu.»

Ridacchiarono guardandosi. E si concentrarono di nuovo. La testa sopra la superficie. Bracciate lunghe.

Benjamin vedeva la casa là in fondo e il campetto con il terreno irregolare dove ogni giorno giocava a calcio con Pierre. La cantina interrata e i cespugli sulla sinistra, dove il pomeriggio andavano a raccogliere lamponi e ribes nero e tornavano pieni di graffi sulle gambe abbronzate. E dietro tutto si levavano gli abeti che scurivano nel crepuscolo.

I fratelli si avvicinarono a terra.

Quando mancavano solo quindici metri alla riva Nils mise il turbo e cominciò a nuotare come un pazzo. Benjamin maledisse il proprio flemmatico stupore e si scatenò dietro il fratello. All'improvviso, quando la lotta tra i fratelli per raggiungere la spiaggia si fece più selvaggia, il lago smise di essere tranquillo. Pierre rimase immediatamente indietro, senza speranza. Le bracciate di Nils davanti a Benjamin quando giunsero a terra, poi la corsa lungo il pendio uno di fianco all'altro. Benjamin afferrò il braccio di Nils per superarlo ma lui si divincolò con una rabbia che lo meravigliò. Arrivarono sul patio. Si guardarono intorno.

Benjamin fece qualche passo verso la casa e spiò da una finestra. E lì, in cucina, scorse la sagoma del papà. La sua schiena grossa mentre stava chino sul piano di lavoro.

«Sono dentro» disse Benjamin.

Nils appoggiò le mani sulle ginocchia per riprendere fiato.

Pierre arrivò ansante su per il pendio. Lo sguardo confuso verso il tavolo sparecchiato. Eccoli lì i fratelli, titubanti. Tre respiri preoccupati nel silenzio.

3

Ore 22

Nils lancia l'urna a tutta forza contro il fratello. Pierre non è preparato e se la becca nel petto. Benjamin sente subito il rumore di qualcosa che si spezza nel corpo di Pierre. Lo sterno o una costola. Benjamin ha sempre saputo vedere tre passi avanti rispetto agli altri; riusciva a prevedere i conflitti tra i membri della famiglia molto prima che si scatenassero. Già alla minima irritazione, così vaga da essere quasi impercettibile, lui sapeva come sarebbe iniziata e come sarebbe finita la lite. Qui invece è diverso. Da questo momento, quando qualcosa si rompe nel torace di Pierre, non sa più niente. Da adesso è tutto terreno inesplorato. Sdraiato sulla riva, Pierre si tocca il petto. Nils accorre: «Tutto a posto?».

Si china per aiutare il fratello ad alzarsi. Ha paura.

Pierre tira a Nils un calcio sui polpacci facendolo crollare sulla spiaggia sassosa. Si lancia sul fratello maggiore, i due si rotolano e si colpiscono, si prendono a pugni in faccia, sul petto e sulle spalle. Senza mai smettere di parlare. Benjamin percepisce la scena come irreale, quasi inventata, il fatto che si parlino mentre tentano di ammazzarsi.

Benjamin raccoglie l'urna che è caduta all'estremità del punto inclinato della spiaggia. Il coperchio è saltato, una parte delle ceneri si è riversata sulla sabbia. Il colore dei resti dello scheletro è grigio, tendente all'azzurro, e lui reagisce in un attimo raccogliendo l'urna e rimettendo il coperchio; non immaginava così le ceneri della mamma. Tiene l'urna con entrambe le mani, fa qualche passo indietro, resta impietrito davanti alla rissa tra i fratelli. Congelato davanti agli avvenimenti, come tante volte in passato. Vede i colpi maldestri, la goffaggine. In qualunque altro giorno Pierre avrebbe distrutto il fratello. Fa a botte da quando era un ragazzino. I ricordi della scuola: Benjamin che attraversava il cortile e vedeva i compagni radunati per guardare una rissa; tra le giacche scorgeva il fratello chino su qualcuno e passava lì accanto di corsa, non voleva mai vederlo picchiare in quel modo, anche quando l'avversario non si muoveva più e sembrava esanime. Pierre è capace di fare a botte, ma lì sulla riva i pronostici sono pari, perché lui ha una costola rotta e praticamente non riesce a stare in piedi. La maggior parte dei colpi tra i fratelli va a vuoto, arriva impreciso o viene parato con le mani e le braccia. Alcuni cazzotti però sono devastanti. Pierre colpisce Nils sopra l'occhio e Benjamin vede il sangue che immediatamente gli cola lungo la guancia e sul collo. Nils dà una gomitata a Pierre e dal rumore sembra che gli rompa il naso. Gli tira i capelli e quando alla fine molla la presa si ritrova delle ciocche tra le dita. Dopo un po' sono stanchi. Per un istante pare che nessuno dei due abbia la forza di continuare. Si siedono sulla riva a pochi metri di distanza e si guardano. Poi ricominciano. A rilento, entrambi vogliono ammazzare l'altro, ma sembrano non avere fretta.

E parlano senza sosta.

Nils mira al fratello con un calcio ma lo manca e perde l'equilibrio. Pierre fa qualche passo e raccoglie da terra un sasso che lancia a tutta forza contro Nils. Il sasso gli sibila vicino, ma Pierre ne prende un altro e lo tira colpendo Nils sul mento. Altro sangue. Benjamin arretra cautamente sulla spiaggia, tenendo l'urna così stretta da sbiancarsi le nocche. Si volta e si avvia lentamente verso la casa. Raggiunge l'edificio, entra in cucina e prende il cellulare. Chiama il 112.

«I miei fratelli si stanno picchiando» dice. «Temo che finiranno per uccidersi.»

«Lei non può intervenire?» domanda la donna al telefono.

«No.»

«Perché no? È ferito?»

«No, no...»

«Perché non può intervenire?»

Benjamin preme forte il telefono all'orecchio. Perché non può intervenire? Getta un'occhiata dalla finestra. Vede ovunque luoghi di gioco della sua infanzia. È su quei terreni che un tempo tutto è iniziato, ed è lì che è finito. Non può intervenire perché una volta è rimasto bloccato lì e da allora non è più riuscito a muoversi. Ha ancora nove anni e laggiù i due adulti si stanno picchiando, i fratelli che hanno continuato a vivere.

Vede le sagome dei fratelli che tentano di uccidersi. Non è un gran bel finale, ma forse è quello atteso. Come altro pensavano che potesse finire? Cosa credevano che sarebbe successo una volta tornati nel luogo dal quale hanno passato la vita a fuggire? Adesso i fratelli si sono spostati nell'acqua ad altezza ginocchio. Benjamin vede Pierre ribaltare Nils, che finisce sotto. Resta lì, non si alza e Pierre non fa nessun tentativo di aiutarlo.

Un pensiero passa per la testa di Benjamin: moriranno lì.

Molla il telefono e si mette a correre. Si precipita giù per i gradini esterni, il sentiero che porta al lago è nella memoria muscolare, Benjamin riesce ancora a schivare i pericoli, anche a quella velocità, evita ogni radice sporgente, salta i sassi appuntiti. Attraversa di corsa la propria infanzia. Supera il luogo in cui stavano i genitori nel sole della sera prima che calasse dietro il lago. Costeggia la parete del bosco che si staglia a est, passa la rimessa per le barche. Quando è stata l'ultima volta? Non si ricorda. Ha vissuto la sua vita da adulto in un blocco costante, come dentro una parentesi, e ora che sente il battito nel petto si sente ricolmare di una strana euforia, per il fatto di riuscire a muoversi e avere le energie per farlo, o forse soprattutto per il fatto di volere. Gli dà forza il fatto che finalmente qualcosa lo spinga. Salta il piccolo argine dove catturava girini da bambino e si butta in acqua. Afferra i fratelli e si prepara a separarli, ma si accorge subito che non serve. Hanno smesso di picchiarsi. Ora sono uno accanto all'altro nell'acqua che gli arriva alla vita, a pochi metri dalla spiaggia. Si guardano. I capelli scuri dell'uno sono simili a quelli dell'altro, gli occhi identici, lo stesso colore castano. Non parlano. Il lago è di nuovo tranquillo. Solo il rumore di tre fratelli che piangono.

Sui gradini si guardano a vicenda le ferite. Non si chiedono scusa, non sono capaci, perché nessuno glielo ha mai insegnato. Toccano con delicatezza l'uno il corpo dell'altro, tamponano le ferite, premono la fronte uno contro l'altro. I tre fratelli si abbracciano.

Nel silenzio sordo e umido dell'estate, all'improvviso Benjamin sente il motore di un'auto nel bosco sopra di loro. Getta un'occhiata verso il pendio. Una volante della polizia attraversa lentamente la boscaglia azzurra, percorrendo lo stretto sentiero sterrato verso il giardino. Lì, solitaria sul promontorio, si trova la casa di campagna, nella notte di giugno che non diventa mai del tutto nera.

4

La colonna di fumo

La mamma e il papà si alzarono dopo il pranzo sul patio. Il papà radunò i piatti e impilò i bicchieri. La mamma portò in cucina il vino bianco e ripose con cura la bottiglia in frigorifero. Poco dopo i segnali di attività in bagno, la pompa dell'acqua ululò un paio di volte. Il papà sputò forte nel lavandino. Poi salirono le scale con passo pesante. Benjamin sentì chiudersi la porta della camera e calò il silenzio.

La chiamavano "siesta". Non era affatto strano, avevano spiegato ai figli, in Spagna si faceva sempre. Un'oretta di pennichella dopo pranzo, per tornare arzilli e freschi la sera. Per Benjamin era una lunga ora di nulla, seguita dalla curiosa mezz'ora in cui la mamma e il papà uscivano barcollando sul patio e si sedevano silenziosi e suscettibili sulle sedie di plastica. Di norma Benjamin si teneva alla larga, li lasciava svegliarsi in pace, ma poi andava subito da loro e anche i fratelli si avvicinavano da punti diversi del giardino perché a volte, dopo la siesta, capitava che la mamma leggesse ad alta voce una storia ai bambini. Se il tempo era bello si sedevano in silenzio su una coperta all'esterno, se pioveva sul divano in cucina davanti al camino, e ascoltavano la mamma leggere i grandi classici, libri che secondo lei gli sarebbero piaciuti. E c'era solo la sua voce, nient'altro, lei passava la mano libera tra i capelli di uno di loro, e più a lungo durava questo momento più loro si avvicinavano a lei, e alla fine era come se fossero un tutt'uno, non si capiva dove finisse uno e dove cominciasse l'altro. Quando terminava un capitolo la mamma chiudeva il libro con un tonfo davanti al naso di uno dei tre e tutti gridavano entusiasti.

Benjamin si sedette sui gradini. Aveva davanti una lunga attesa. Si fissò le gambe estive martoriate, vide le punture di zanzara sugli stinchi, sentì l'odore della pelle abbronzata e del disinfettante con cui il papà gli aveva tamponato le ferite delle ortiche sui piedi. Il cuore batteva forte nonostante non si stesse muovendo. Non provava noia, ma qualcos'altro, più difficile da spiegare. Era triste senza sapere bene perché. Guardò il pendio senza vento che scendeva verso il lago, il prato bruciato dal sole, sbiadito. Sentì vacillare tutto intorno a lui. Era come se sul promontorio fosse stato messo il coperchio di un contenitore per il formaggio. Seguì con lo sguardo una vespa, che ronzava irrequieta in cerchio sopra una ciotola di salsa alla panna rimasta sul tavolo. La vespa volava appesantita e come ubriaca, aveva qualche problema, sembrava che le ali si muovessero sempre più piano, con fatica sempre maggiore, finché non si avvicinò troppo alla salsa e rimase intrappolata. Benjamin seguì la battaglia dell'insetto per liberarsi, ma i movimenti man mano diminuirono e alla fine si interruppero. Ascoltò il canto degli uccelli, di colpo strano, come se cinguettassero più lentamente, a velocità dimezzata. Poi si zittirono. Benjamin sentì il terrore invadergli il corpo. Si era fermato il tempo? Batté cinque volte le mani, come faceva di solito per tornare in sé.

«Ehilà» esclamò. Si alzò, batté di nuovo le mani, cinque volte, così forte da farsi bruciare i palmi.

«Cosa fai?»

Poco più giù verso il lago, Pierre lo guardava.

«Niente» rispose Benjamin.

«Peschiamo?»

«Okay.»

Benjamin andò a recuperare gli stivali nell'ingresso. Poi girò l'angolo della casa e prese la canna appoggiata al muro.

«Io so dove trovare i vermi» disse Pierre.

Si spostarono dietro il fienile, dove il suolo era umido. Diedero un paio di vangate e all'improvviso la terra luccicò di lombrichi. I fratelli li tirarono fuori e li raccolsero in un barattolo, dove rimasero senza reagire, ignari della cattività. Pierre scosse e capovolse il barattolo per ravvivarli, ma quelli sembravano prendere tutto con tranquillità, perfino la morte, perché quando una volta sul lago Benjamin li infilzò nell'amo non protestarono, anzi si lasciarono trafiggere dall'acciaio senza opporre resistenza.

Tennero la canna a turno. Il galleggiante era rosso e bianco e si vedeva bene sull'acqua nera, tranne quando scompariva nella traiettoria del sole sul lago. Lungo la riva giunsero le sorelle Larsson, le tre galline del giardino, insieme ma ognuna impegnata nei fatti propri, beccando a caso per terra, in direzioni diverse, chioccolando delicatamente. Benjamin si era sempre trovato a disagio quando gli si avvicinavano, perché non c'era alcuna logica nel loro comportamento. Si agitò, poteva accadere di tutto, come quando si veniva chiamati all'improvviso da un vecchio ubriacone in una piazza. Per di più una delle galline era cieca, aveva raccontato il papà, e Benjamin fissava i loro sguardi vuoti ma non riusciva mai a capire quale non vedeva nulla. Non erano tutte cieche, in realtà? Quando si muovevano inquiete sul terreno sembrava di sì. Le aveva comprate il papà qualche estate prima, per realizzare finalmente il sogno di una vita di mangiare a colazione uova appena deposte. Il papà dava loro da mangiare, nel pomeriggio lanciava del mangime secco chiamandole con un "pot-pot-pot" e la sera le conduceva nel fienile, il rumore del mestolo che batteva sul fondo di una pentola che riecheggiava in tutto il giardino. Ogni mattina Pierre aveva il compito di andare nel pollaio delle sorelle Larsson a prendere le uova, tornava di corsa lungo il sentiero erboso verso casa con il tesoro in mano e il papà si fiondava in cucina a mettere su una pentola d'acqua. Era diventata una loro tradizione, di Pierre e del papà, ed era un bel momento anche per Benjamin, perché lo tranquillizzava, era un momento di luce in cui si poteva tirare il fiato.

Le galline smisero di beccare per terra e guardarono con occhi spenti i fratelli sulla riva. Benjamin azzardò un piccolo affondo verso le sorelle Larsson e subito quelle si spicciarono a proseguire con passi lunghi, fissando l'erba. Li superarono e sparirono.

Mentre Pierre aveva la canna in mano, il galleggiante subì uno strattone. Prima ci fu come un leggero tremolio, poi scomparve del tutto sott'acqua.

«Ha abboccato!» gridò Pierre. «Tieni qua!» disse porgendo la canna a Benjamin.

Benjamin fece come gli aveva insegnato il papà, non sollevò subito il pesce, lo trascinò con cautela verso terra. Lui tirava da una parte, il pesce dall'altra, con una forza che lo sorprese. Vedendo appena sotto la superficie la sagoma dell'animale che si dibatteva forsennatamente per liberarsi esclamò: «Presto, un secchio!».

Pierre si guardò intorno disorientato.

«Un secchio?» chiese.

«Nils!» gridò Benjamin. «Abbiamo preso un pesce, portaci un secchio!»

Vide muoversi l'amaca e Nils si affrettò verso casa, poi scese di corsa fino al lago con un secchio rosso in mano. Benjamin non voleva tirare troppo per paura che il filo si spezzasse, ma era costretto a opporsi con forza perché il pesce puntava verso il centro del lago. Nils entrò in acqua e immerse il secchio.

«Portalo dentro!» esclamò.

Il pesce si dibatté contro la superficie avvicinandosi di nuovo a terra. Nils fece un passo nell'acqua infradiciandosi i pantaloncini e tirò su il pesce.

«L'ho preso!» gridò.

Si radunarono intorno al secchio e abbassarono lo sguardo.

«Che roba è?» chiese Pierre.

«Un persico» rispose Nils. «Ma dovete ributtarlo in acqua.»

«Perché?» domandò Pierre stupefatto.

«È troppo piccolo» rispose. «Non si può mangiare.»

Benjamin guardò nel secchio e vide il pesce sbattere contro i bordi. Era più piccolo di quanto aveva immaginato mentre lottava contro di lui in acqua. Le squame a pettine luccicavano, le pinne appuntite sul dorso si erano drizzate.

«Sicuro?» chiese Benjamin.

Nils rise.

«Papà vi riderà in faccia se glielo portate.»

Pierre sollevò il secchio e si diresse a passo deciso verso casa. Benjamin lo seguì a ruota.

«Cosa state facendo? Dovete ributtarlo in acqua» gridò Nils. Siccome non risposero, gli corse dietro.

Pierre aveva piazzato il secchio sul tavolo della cucina. Osservò il pesce, la plastica rossa del secchio si rifletteva sul suo volto facendo sembrare che stesse arrossendo.

«Lo arrostiamo vivo?» domandò immobile.

Nils fissò il fratello a bocca aperta.

«Tu non stai bene» disse.

Si voltò e uscì, e mentre passava davanti alla finestra Benjamin lo sentì mormorare: «Che manicomio».

Benjamin lo seguì con lo sguardo e lo vide sdraiarsi sull'amaca.

«Lo arrostiamo vivo» ripeté Pierre.

«No» disse Benjamin. «Non possiamo.» Pierre salì su una sedia e prese una delle padelle appese al muro sopra il piano di lavoro. La appoggiò sul fornello e guardò perplesso le manopole di regolazione dei fuochi. Ne girò una e subito si sentì il delicato sibilo del gas. Si chinò in avanti a guardare lungo la griglia.

«Come si accende?» chiese. Girò la manopola avanti e indietro, ma si sentì soltanto il gas andare e venire. Si voltò verso Benjamin.

«E aiutami!»

«Ci vogliono i fiammiferi» rispose Benjamin.

«E non puoi aiutarmi?»

«Pierre» disse Benjamin. «Non si può cuocere un pesce vivo.»

«Smettila. Aiutami e basta.»

Il gas si diffuse in tutta la stanza, al piano superiore sbatté una finestra, le rondini che avevano fatto il nido sul tetto graffiavano il legno, come se grattassero la casa, il sole pomeridiano splendeva sulle assi ruvide del tavolo, sulle carte da gioco ingiallite rimaste lì dopo la partita dei genitori della sera prima, colpiva i due fratelli di lato, illuminava le mosche morte che giacevano in mucchietti sul davanzale. Benjamin guardò fuori dalla finestra e poi di nuovo Pierre. Prese i fiammiferi dal primo cassetto e strofinò la capocchia di uno, che subito sprigionò una fiamma rossa.

«Bisogna metterci del burro o qualcos'altro?» domandò Pierre guardandosi intorno. Benjamin non rispose. Pierre andò a rovistare nel frigorifero senza trovare quello che cercava. Tornò ai fornelli, un leggero fumo dalla fiamma che arroventava la padella. Pierre sollevò il secchio rosso e rovesciò il contenuto nella padella. Il pesce ruzzolò dentro e al primo contatto con il ferro fece un balzo in aria. Oltre non riuscì. Rimase incollato alla padella, le branchie si alzarono, movimenti cauti dalla parte posteriore. Fece un tentativo di staccarsi ma le squame avevano cominciato a sciogliersi, venne lentamente inchiodato al ferro.

Cominciò a levarsi fumo dalla padella. Benjamin seguì gli eventi ammutolito. Pierre cercò di infilare con attenzione una paletta sotto il pesce per girarlo. Trafficò e grattò, quando gli entrò il fumo negli occhi li socchiuse e alla fine riuscì a staccarlo. Le squame erano esattamente dove si trovavano prima. Il pesce fece un balzo, ruotò di mezzo giro in aria e atterrò nello stesso punto. I due fratelli fecero un rapido passo indietro fissando la padella.

«È ancora vivo!» disse Benjamin. «Dobbiamo ucciderlo!»

«Fallo tu, io non ho il coraggio» rispose Pierre.

«Perché io?» sibilò Benjamin.

Pierre lo spinse tentando di avvicinarlo alla padella.

«Smettila!»

Il pesce si rivoltò un'altra volta in aria.

«Hai fatto tutto tu!» disse Benjamin.

Immobile, Pierre fissava la padella a bocca aperta. Benjamin fece qualche passo verso i fornelli, girò la manopola e aprì il gas al massimo. Arretrò mettendosi accanto al fratello. Nel fumo si sentirono dei rumori delicati, il pesce batteva la coda sulla padella, come se tenesse il tempo contro il ferro mentre il calore aumentava. Benjamin sentì che le gambe non lo reggevano e si appoggiò al bracciolo di una sedia. Un improvviso sfrigolio quando il pesce si squarciò e le interiora si riversarono nella padella, il fumo si fece più denso e nel momento in cui venne illuminato dal sole mentre saliva verso il soffitto qualcosa fece pensare a Benjamin che Dio era coinvolto in quell'esperienza, la colonna di fumo gli sembrava costituire un canale, una barriera divina, attraverso la quale il pesce ascendeva in paradiso. E di colpo vide tutto chiaro, cristallino, era come se tutti gli avvenimenti della terra fossero concentrati in quella padella, il peso del pianeta premeva fortissimo sopra i fornelli.

Poi tutto finì.

Calò il silenzio.

Benjamin si avvicinò alla padella e la mise nel lavello, ci versò l'acqua, lo sfrigolio fu sostituito da un altro sfrigolio, poi di nuovo silenzio. Guardò il piccolo pesce carbonizzato rimasto nella padella. Con la paletta lo buttò nella spazzatura e lo coprì con della carta. Andò da Pierre, rimasto immobile a pochi passi dai fornelli.

«Hai sbagliato, Pierre.»

Pierre fissò il fratello con aria seria.

«Vattene, sistemo tutto io» disse Benjamin.

Pierre uscì, dalla finestra Benjamin lo vide darsela a gambe verso il fienile. Lavò la padella, grattando sotto l'acqua calda per rimuovere le squame.

Poi andò a sedersi sui gradini esterni. Fuori c'era così tanta luce che vide tutto nero. Sentì provenire dei rumori indefiniti dall'interno, qualcuno sulle scale, e all'improvviso ecco il cane che si era svegliato dal pisolino pomeridiano.

«Yu-hu» sussurrò Benjamin imitando il modo della mamma di richiamare il cane. Batté la mano sulle gambe e Molly gli saltò in braccio mettendosi comoda. La abbracciò, forse il cuore avrebbe rallentato un po' se avesse premuto il suo corpo caldo contro il petto. Si alzò, imboccò il sentiero che portava al lago e si sedette con Molly su uno dei massi più grandi. Fuori sembrava esserci ancora un'eclissi, e quando i colori tornarono vide chiaramente ciò che sospettava: il mondo era cambiato. Vide le increspature dell'acqua create da un branco di pesci che si era avventato sul cibo proprio sotto la superficie. Vide gli anelli nell'acqua, notò che non si muovevano verso l'esterno, bensì verso l'interno. Gli anelli si restringevano verso il centro e scomparivano nella propria increspatura senza lasciare traccia. Allargò lo sguardo sulla baia e vide di nuovo lo stesso fenomeno. Gli anelli sul lago si dirigevano verso il centro, come se qualcuno stesse riproducendo un film al contrario. Venne sorpreso dall'eco di un grido sul lago. Si guardò intorno cercando di localizzare la fonte. Poi urlò anche lui. Capì che il tempo non si era affatto fermato, stava tornando indietro.

Si coprì gli occhi con i palmi delle mani.

«Yu-hu!»

Chi aveva parlato? Attraverso le dita diede un'occhiata verso il prato tenebroso e vide la mamma e il papà sulle loro sedie, appena svegli e frastornati. La mamma aveva scovato il cane in braccio a Benjamin e lo stava chiamando. A quel punto il mondo si distese lentamente.

Benjamin lasciò andare Molly che schizzò dalla mamma, e lui la seguì di corsa lungo il sentiero erboso. I genitori avevano lo sguardo basso sul prato. La mamma tirò fuori un pacchetto di sigarette e lo appoggiò sul tavolo, poi si allungò verso il cane.

«Ciao, ragazzo» disse il papà con voce impastata.

«Ciao» rispose Benjamin.

Poi si sedette sull'erba. Silenzio. La mamma gli lanciò un'occhiata.

«Vieni a grattarmi la schiena» gli disse.

Benjamin si mise dietro di lei a grattarla con dedizione e la mamma chiuse gli occhi emettendo un piccolo verso, la mano di lui sotto la maglietta di lei.

«Aspetta» disse la mamma slacciandosi il reggiseno in modo che lui potesse muoversi più agilmente. Passando le dita dal collo lungo le scapole Benjamin sentì il segno dell'elastico sulla pelle. E grattò con cura, proprio come sapeva che a lei piaceva, perché non voleva che quel momento finisse. La mamma sollevò subito lo sguardo verso il figlio.

«Perché piangi, amore?»

Benjamin non rispose, continuò soltanto a grattare la mamma.

«Cos'è successo?»

«Niente.»

«Tesoro» disse la mamma. «Non devi piangere.»

Poi tacque e abbassò la testa.

«Un po' più giù.»

Con la coda dell'occhio Benjamin vide le sorelle Larsson dirigersi quatte quatte verso il patio. In fila sul prato, osservavano gli avvenimenti. Benjamin sentì il proprio battito. Pensò al pesce, alla padella fumante, alle squame incollate al ferro. Le galline lo fissavano. Sapevano cos'aveva fatto e lo giudicavano in silenzio.

Continuò a grattare la mamma mentre guardava le galline senza avere il coraggio di voltarsi o di alzare gli occhi. Non si azzardava ad abbassare lo sguardo verso il tavolo, perché temeva che il pranzo fosse ancora lì, che il pasto si fosse appena concluso e che a breve la mamma e il papà sarebbero andati a fare la siesta.

5

Ore 20

Benjamin è in riva al lago con un mazzo di ranuncoli secchi in mano. I fratelli sono accanto a lui. Nils tiene l'urna. È pesante e lui cambia di continuo la presa, con un'espressione sempre più confusa sul volto, come se il peso della mamma lo avesse colto di sorpresa.

«Dobbiamo dire qualcosa?» chiede Nils. «Come si fa?»

«Non lo so» risponde Benjamin.

«Una specie di cerimonia?»

«Facciamolo e basta.»

«Aspetta» interviene Pierre. «Devo pisciare.»

Si allontana di qualche passo, si volta verso l'acqua e tira giù la cerniera.

«Per favore» dice Nils. «Non possiamo mantenere un minimo di solennità?»

«Certo. Ma devo pisciare.»

Benjamin osserva la schiena di Pierre, ascolta l'urina colpire i sassi sulla riva. Nota che Nils tenta di trovare una presa migliore sull'urna.

«Ti serve una mano? Vuoi che la tenga un po' io?»

Nils scuote la testa.

Il lago è calmo e Benjamin vede il bosco specchiarsi capovolto, vede due cieli, entrambi luccicanti di rosa e di giallo.

Il sole sta calando sugli immensi abeti. Leggermente al largo nell'acqua ferma della baia c'è una boa di polistirolo.

«Guardate» dice indicandola. «Non è la nostra?»

Nils si gratta attentamente una puntura di zanzara sulla fronte e scruta il puntino laggiù.

«Cavolo» dice. Copre il sole con una mano per vedere meglio. «Gli ultimi giorni in cui siamo stati qui. Possibile che siamo andati a pesca il giorno prima che succedesse tutto? Poi è scoppiato il casino, e siamo tornati a casa all'improvviso con una fretta indiavolata. Possibile che...»

Ride.

«Possibile che abbiamo dimenticato di tirare su la rete prima di partire?»

Benjamin guarda la boa, piuttosto lontana ma al tempo stesso così vicina da poterne distinguere la forma, un po' rosicchiata agli angoli perché d'inverno i topi saccheggiavano la rimessa.

«Vuoi dire che è rimasta lì tutto questo tempo?» chiede Benjamin.

«Sì.»

Benjamin si vede davanti la rete. A cinque metri di profondità una fossa comune fluttuante dove i pesci sono incastrati uno accanto all'altro, a vari stadi del processo di decomposizione. Squame e lische, occhi che guardano nell'oscurità, tutto bloccato tra i vermi sottili mangiati dalle alghe; gli anni passano e quassù succedono delle cose, le famiglie fanno le valigie e ripartono, resta solo il vuoto, le stagioni si susseguono e i decenni corrono, tutto in costante cambiamento, ma a cinque metri di profondità la rete è ancora lì, in paziente attesa, ad abbracciare ciò che si avvicina.

«Forse dovremmo tirarla su» dice Nils.

«Sì» risponde Benjamin.

«Magari domani, prima di tornare a casa.»

Poco più in là Pierre si lascia sfuggire un verso stridulo, un gridolino eccitato, come se volesse obiettare ma non trovasse le parole, e intanto voltato di spalle verso i fratelli muove la mano per scrollare le ultime gocce.

«No, cazzo» interviene. Chiude la cerniera. «Lo facciamo adesso!»

«Adesso dobbiamo fare la cerimonia» dice Nils.

«Quella può aspettare» dice Pierre. «I fratelli di nuovo in barca, sul lago. Un ultimo viaggio, al tramonto. Alla mamma sarebbe piaciuto!»

«No, non adesso» ribatte Nils, ma Pierre si è già incamminato lungo l'argine, saltando tra i grandi massi lungo la riva. «Credete che ci sia ancora la barca?» grida. Benjamin e Nils si scambiano una rapida occhiata. Nils fa il suo sorrisetto bonario. Seguono il fratello verso la rimessa.

Sì, la barca c'è ancora. Tirata bene in secco sui grossi tronchi, la vecchia barca di plastica bianca, proprio come l'hanno lasciata. Su alcune parti del fondo e sul sedile di prua è cresciuto il muschio e l'acqua che si è raccolta a poppa ha costituito un proprio ecosistema di alghe e fanghiglia, ma la struttura è intatta, i remi nascosti come al solito sul fondo sotto un telo. I fratelli si piazzano ognuno a un lato, Pierre guida la spedizione, dice «adesso» e tutti e tre spingono, i sassi sbatacchiano sotto la chiglia e la barca scivola nell'acqua nera, poi sul lago cala di nuovo un silenzio di tomba.

Benjamin rema mentre Pierre e Nils siedono a poppa appesantendo la barca sul lato posteriore, con la prua che punta verso il cielo. Tutto diventa di colpo familiare. Benjamin osserva i fratelli. Indossano completo nero e cravatta, per onorare la mamma. Pierre ha gli occhiali da sole che a Benjamin sembrano grossi e curiosamente femminili. Nils si è tolto le scarpe e le calze e ha arrotolato le gambe dei pantaloni per non bagnarsi. Non parlano, ascoltano i delicati colpi dei remi, le gocce sulla superficie quando Benjamin li solleva lungo i lati della barca. Il crepuscolo arriva in fretta, la riva appare annebbiata, Benjamin alza gli occhi e improvvisamente lo spazio cosmico è là sopra, nonostante il cielo sia ancora azzurro. Vede la casa sopra il pendio, la porta socchiusa, come se la mamma e il papà stessero per uscire, per scendere al lago con il cestino pieno di cibo e bevande. Vede l'erba alta del prato zeppo di fiori selvatici. Una brezza fredda increspa il lago.

«Ehi» esclama Pierre. La boa si avvicina e i fratelli si preparano, come facevano sempre da bambini: si voltano occupando ognuno la posizione assegnata, Benjamin rema per l'ultimo tratto e Nils si china ad afferrare la boa.

«Stiamo pronti a vedere cose orrende» dice Nils.

Poi comincia a tirare il filo di nylon giallo scolorito raccogliendolo sulla barca: all'inizio lo fa senza sforzo ma poi arriva il peso della rete. Non si aspetta la resistenza, perde l'equilibrio e deve risedersi.

«Oh, santo cielo» mormora. «Pierre, aiutami a tirare.»

Poco stabili, Pierre e Nils tirano insieme e la rete si muove, avvicinandosi lentamente alla superficie.

«Vedo il modano!» grida Pierre. Benjamin si alza e vede la sagoma della rete con il suo carico nascosto, come un'oscurità che viaggia in un'oscurità ancora più grande; i fratelli tirano e fanno smorfie perché il nylon gli taglia le mani, e appena la rete raggiunge la superficie il filo si spezza. La barca ondeggia, i fratelli si aggrappano ai bordi, guardano oltre la murata e vedono il gigante svanire nell'abisso.

Pierre scoppia a ridere ululando. Nils guarda il fratello sorridendo. Comincia a ridere anche lui e perfino Benjamin viene contagiato, ridono tutti e tre. Benjamin gira la barca e inizia a remare verso terra.

Nella lettera che i fratelli hanno trovato nell'appartamento della mamma lei ha scritto che vuole che le sue ceneri siano sparse nel lago davanti alla casa. Non ha detto di preciso dove, ma loro concordano di aver trovato il posto giusto. Sulla riva in cima al promontorio dove si metteva a leggere il quotidiano durante il giorno. E dove stava la sera, proprio prima del tramonto, quando la luce si dorava, ascoltando il vento che afferrava gli alberi, che vagava da chiome lontane a chiome vicine, vari tipi di sibilo a seconda dell'albero che il vento aveva incrociato. E per quanto vento tirasse durante il giorno, accadeva sempre la stessa cosa: appena il sole calava il lago andava a dormire. I fratelli si mettono in fila lì, proprio in quel momento, sulla riva. Nils con l'urna in mano si sposta davanti ai fratelli.

«Mi sa che devo pisciare» dice Pierre.

«Ancora?» chiede Nils.

«Sì.»

«Oh, santo cielo» mormora Nils.

«Preferirei non pisciarmi addosso, magari.»

«No» dice Nils. «Sono incidenti che abbiamo già visto succedere.»

«Esatto» risponde Pierre.

«Del resto sei tu il campione tra noi» ridacchia Nils. «Il maggior numero di pipì addosso da bambino.»

«Vivevo felice, volevo sempre fare qualcosa e mi annoiavo ad andare in bagno.»

I tre fratelli ridono, la stessa risata, come di una persona che accartoccia un foglio di giornale.

«Una volta in seconda mi sono pisciato addosso mentre giocavamo a calcio all'intervallo» racconta Pierre. «Solo qualche goccia, ma abbastanza da sporcare i jeans. Un punto scuro grande come una moneta da cinque corone proprio sulla patta. Björn ci ha messo poco ad accorgersene.»

«Mi ricordo di Björn» dice Benjamin. «Riusciva a trovare sempre i punti deboli delle persone.»

«Esatto. Ha notato la macchia e ha cominciato a indicarla gridando che mi ero pisciato addosso. Mi guardavano tutti. Ma io gli ho risposto che avevo preso una pallonata proprio lì. Perché era piovuto e il campo era bagnato, e anche il pallone, quindi era una spiegazione plausibile. Björn ha smesso e siamo andati avanti a giocare. Ero molto contento perché non era una brutta bugia. Era geniale. Mi ero pisciato addosso e l'avevo fatta franca.»

I fratelli ridono.

«Poi però è uscita dell'altra pipì» dice Pierre. «La macchia si è allargata. E a Björn non è sfuggito. Alla fine dell'intervallo mentre rientravamo ha fatto la strada accanto a me e mi fissava. Ha guardato per tutto il tempo i miei pantaloni. Quando siamo arrivati in classe ha gridato: "Caricone su Pierre!".»

«Caricone?» domanda Benjamin.

«Sì. Non ti hanno mai fatto un caricone? Qualcuno grida un nome e tutti si buttano su di lui o su di lei tipo ammucchiata.»

«E cos'è successo?»

«Mi sono saltati tutti addosso. Io ero sotto e non potevo muovermi. Subito sopra di me c'era Björn. Eravamo faccia a faccia e mi ricordo che ridacchiava. Poi mi ha infilato una mano nei jeans. Io ho cercato di opporre resistenza, ma ero bloccato. Ha rovistato nelle mie mutande bagnate e quando ha tirato fuori la mano l'ha annusata. Ha gridato: "È pipì! Pierre si è pisciato addosso!".»

«Non c'erano insegnanti?» chiede Benjamin.

«Non mi ricordo» risponde Pierre. «E comunque nessuno ha fatto niente.»

Pierre raccoglie un sasso dalla riva e lo lancia in acqua.

«Erano tutti sdraiati su di me e si sono messi a gridare che mi ero pisciato addosso.»

Benjamin nota che sul collo di Pierre sono spuntate delle macchie rosse. Le conosce bene, da bambini le vedeva sempre quando Pierre aveva paura o si arrabbiava.

«Da lì sotto potevo vedere il corridoio» dice Pierre. «E ti ho visto sulla porta che guardavi.»

Pierre si volta verso Nils, incollandogli gli occhi addosso.

«No» risponde Nils. «Non è mai successo.»

«Sì invece» dice Pierre. «Mi hai visto lì sotto. E te ne sei andato.»

Nils scuote veloce la testa, Benjamin riconosce il sorriso nervoso, ostinato.

«Puoi dire quello che vuoi» insiste Pierre. «Io me lo ricordo perfettamente, e non me lo dimenticherò mai. In quel momento non gli ho dato un gran peso. Solo diversi anni dopo sono riuscito a capire. Eri molto più grande. Non avresti avuto problemi a entrare e fermarli.»

Pierre guarda Nils.

«Invece te ne sei andato.»

Nils abbassa gli occhi sull'urna che ha in mano. Strofina il coperchio con il pollice, come se volesse togliere una macchia.

«Non so di cosa parli.»

«Magari non ti ricordi?» domanda Pierre. «Capitava spesso. Non vedevi niente, non sentivi niente. Appena le cose andavano fuori controllo gridavi che vivevi in un manicomio e ti chiudevi in camera. Il manicomio però esisteva ancora dall'altro lato della porta, anche se tu non lo vedevi.»

«Togliti gli occhiali da sole» dice Nils, improvvisamente aspro. «Mostra rispetto per la mamma, non ti atteggiare.»

«Io faccio quel cazzo che mi pare» ribatte Pierre.

Benjamin si mette in allerta. Sente che la conversazione si sta incrinando, se ne accorge dalla presa di Nils che si irrigidisce sull'urna, dallo sguardo che ora è fisso su Pierre.

«Ascoltami bene, perché te lo dirò una volta sola» dice Nils. «Non voglio sentirti dire un'altra parola su quello che hai subito da bambino. Non un'altra parola.»

«Mi hai tradito» insiste Pierre.

Nils lo fissa.

«Io ti ho tradito?» Scoppia a ridere. «Sei tu quello che veniva trattato male? Non mi ricordo una sola volta in cui tu e Benjamin non mi avete tormentato da piccoli. Mi facevate sentire inutile. E adesso sei tu quello che veniva trattato male?»

Pierre osserva il lago e scuote leggermente la testa.

«Dài, facciamo questa roba, così dopo puoi piangere.»

Nils fa un passo verso Pierre piazzandosi proprio davanti a lui.

«Non sminuirla.»

Pierre reagisce immediatamente facendo un passo uguale per colmare lo spazio tra loro. Benjamin avanza, in un confuso tentativo di mettersi in mezzo. Ora sono uno accanto all'altro, con un fare aggressivo che gli è del tutto estraneo. All'improvviso non c'è più traccia di collera nei loro occhi, solo titubanza. Si guardano con inquietudine. Nemmeno loro sanno cosa stanno facendo.

«Calmiamoci adesso» suggerisce Benjamin.

«Io non ho intenzione di calmarmi» risponde Nils. «Dici che me la squagliavo da bambino. Già, non è strano che non volessi esserci, visto che mi chiamavate sgorbio e schifoso ogni volta che mi vedevate. E poi facevate quella roba con gli occhi.»

«Quale roba?» domanda Pierre. Rimane un momento in silenzio. Poi fa scivolare gli occhi fino a incrociarli, imitando lo strabismo di Nils con un sorrisetto.

Nils lancia l'urna a tutta forza contro il fratello. Pierre non è preparato e se la becca nel petto. Benjamin sente subito il rumore di qualcosa che si spezza nel corpo di Pierre.

6

I re delle betulle

A cena sul patio poco prima di sparecchiare. La mamma prese una sigaretta e sollevò le ciotole vuote per trovare l'accendino. Il papà guardò preoccupato il proprio piatto vuoto, non del tutto soddisfatto. La mamma aveva tolto il grasso dalla bistecca lasciandolo lì e il papà l'aveva adocchiato. Sbirciava di nascosto quella striscia di ciccia come un dito sudicio sul piatto, la puntava con la coda dell'occhio, in conflitto con se stesso.

«Quello lì...» disse alla fine indicando il grasso avanzato. La mamma lo infilzò subito con una forchetta e lo passò nel piatto del papà.

«Grazie» mormorò il papà buttandocisi. La mamma lo guardò mangiare. Piccoli segnali di disgusto sul volto, Benjamin era il solo in grado di scovarli. Conosceva tutto dell'irritazione della madre nei confronti della gola senza limiti del padre, odiava quando lui scrutava il piatto degli altri, quando si intrufolava in cucina dopo cena per uno "spuntino di supporto", quando passava i pomeriggi a fissare apatico nel frigorifero a caccia di qualcosa da infilarsi in bocca. A volte la mamma scoppiava e gli gridava che era un animale. Di solito il papà rispondeva con il silenzio, richiudeva subito la porta del frigo e se ne andava, ma capitava che reagisse con la stessa rabbia: «Lasciami mangiare!».

Il papà appoggiò le posate e batté il pugno sul tavolo.

«Ragazzi!» Si pulì la bocca con una pallina di carta da cucina. «Ho pensato di farvi vedere un posto che nessuno di voi ha mai visto prima. Chi vuole venire?»

Benjamin e Pierre si alzarono immediatamente. La casa era la casa, e la casa era il mondo. I piccoli edifici circondati dal bosco e dall'acqua da tutti i lati. Tutto il resto era un territorio sconosciuto, il promontorio come un puntino verde luminoso e pulsante in una mappa altrimenti grigia. Le parole del papà sul fatto di fargli vedere un posto nuovo era la promessa di allargare il mondo noto. Si prepararono come per una spedizione difficile. Il papà si mise gli stivali alti fino al ginocchio e ordinò a Benjamin e Pierre di indossare il cappellino per i moscerini.

«Non vieni, Nils?» chiese il papà.

«No.»

«È un posto segreto. Un posto dove i bambini possono diventare ricchi.»

«No» ripeté Nils, si allungò verso il bicchiere di latte e bevve ciò che rimaneva sul fondo. «Non mi va.»

Scesero per il pendio, lungo il prato. Il papà abbassò la mano facendosi passare l'erba alta tra le dita, staccò una spiga e se la infilò tra i denti. Ovviamente faceva strada lui. Benjamin e Pierre lo seguivano, risucchiati subito dietro, a volte guardando oltre la schiena del papà per vedere dov'erano diretti. Si infilarono tra gli alberi. Subito calò il buio.

«Hai ancora paura del bosco, Benjamin?» chiese il papà.

«No, non troppo» rispose Benjamin.

«La prima estate qui ti mettevi sempre a piangere quando ci venivamo. Non so perché, non volevi dirlo.»

«No» disse Benjamin. Non riusciva a esprimerlo a parole, ma l'ansia per il bosco faceva parte di lui da tempo; soprattutto dopo la pioggia, quando gli alberi erano pesanti e le paludi acquitrinose, il terrore di rimanerci intrappolato dentro, di essere risucchiato e sparire.

«So una cosa sui boschi» disse il papà. «Ed è che tutti hanno un bosco che è solo loro, che conoscono a memoria e li rassicura. E avere un proprio bosco è la cosa più bella che esista. Se cammini abbastanza in questo bosco conoscerai ogni sasso, ogni passaggio insidioso, ogni betulla caduta. E allora il bosco sarà tuo, ti apparterrà.»

Benjamin guardò quell'abisso oscuro. Non lo sentiva suo.

«Venite, proseguiamo» disse il papà. «Siamo quasi arrivati.»

Attraversarono la diga che controllava il flusso dell'acqua tra il lago e il fiume; né Benjamin né Pierre erano mai stati così lontani da casa. Da quel momento in poi tutto era nuovo e inesplorato. Superarono un tratto acquitrinoso con grossi massi che spuntavano dal muschio, attraversarono il bosco di abeti e di colpo si aprì una radura. Il papà scostò un ramo e li fece passare avanti.

«Benvenuti nel mio posto segreto!»

Di fronte a loro si levava un boschetto fitto di giovani betulle. Magre, sottili, una appiccicata all'altra, come lampioni arrugginiti, e alle loro spalle il lago scintillava in mezzo ai tronchi.

«Che ne dite?» chiese il papà.

«Bello!» rispose Benjamin. Non voleva mostrare la sua delusione. Del resto erano solo alberi.

«Quante sono?» domandò Pierre.

«Non lo so. Diverse centinaia.»

«Tantissime.»

«Pensate, è capitato a noi» disse il papà «che questi alberi siano qui. Sono molto rari. Di betulle in Svezia ce ne sono, la tristis, la fastigiata, la youngii: tutti i tipi. Queste invece sono betulle argentate, bambini.» Appoggiò una mano su un tronco e alzò lo sguardo. «Le più belle di tutte. Il profumo dei ramoscelli della betulla argentata nella sauna batte qualunque cosa sulla terra.»

Benjamin si avvicinò a toccare uno degli alberi. Afferrò un ramo e tentò di staccarlo, ma quello non voleva mollare.

«Vi faccio vedere come si fa» disse il papà. «Non tirate mai il ramo, dovete spezzarlo. E spezzatelo alla base, perché bisogna poterlo tenere in mano in modo da non arrivare troppo vicino alle pietre bollenti quando si versa l'acqua.»

Benjamin osservò il papà staccare un ramo dopo l'altro e radunare il suo mazzetto di rami nella mano sinistra. Sembrava così facile.

«Non state lì impalati» disse il papà sorridendo ai figli. «Datemi una mano.»

Erano uno accanto all'altro, in un silenzio spensierato. Il papà diede una rapida occhiata nel bosco e mormorò «un cuculo» sentendo un verso di uccello, ma per il resto rimasero zitti, concentrati sul compito.

«Sapete perché si chiamano betulle argentate?» domandò il papà.

«No.»

«È un nome strano, in effetti. Non hanno nulla che ricordi l'argento. Le foglie sono verdi, il tronco grigio. Ma si dice che di notte accada qualcosa.»

Si accovacciò alzando gli occhi verso le chiome. «Quando la luna piena le illumina cambiano colore. Guardandole con attenzione si vede che le foglie sono fatte d'argento.»

«Davvero?» chiese Pierre.

«Sì.»

Pierre fissò il papà con gli occhi sbarrati.

«Smettila» disse Benjamin voltandosi verso il fratello. «È ovvio che non è vero.»

Il papà scoppiò a ridere e scompigliò i capelli di Pierre. «Però è una storia piuttosto bella, no?»

Continuarono a spezzare e raccogliere rami mentre il sole calava fra i tronchi. Pierre si tolse il berretto, scacciò i moscerini e si grattò la testa come un matto. Il papà finì per primo.

«Una cosa del genere» disse osservando compiaciuto il proprio mazzetto. «Mi servono dieci mazzetti da appendere ad asciugare sulla veranda della sauna. Così li avremo se verremo qui d'inverno quando gli alberi sono spogli. Vi do cinque corone per ogni mazzetto che mettete insieme.»

Benjamin e Pierre si scambiarono il cinque determinati, già concentrati sull'incarico, pronti a lavorare per guadagnare qualcosa.

«Io torno a bere un bicchiere con la mamma» disse il papà. «Venite appena avete qualcosa da farmi vedere.»

Poi si avviò verso casa.

Benjamin cominciò a spezzare rami e raccogliere il primo mazzetto. Cercò di contare quanti soldi c'erano in palio. Dieci mazzetti facevano cinquanta corone, da dividere in due. Poi convertì la cifra in gomme da masticare, cinquanta centesimi l'una, quindi cinquanta gomme, e se ne mangiava una al giorno sarebbero bastate per tutta l'estate. Aveva imparato a fare economia sulle gomme. Una sera prima di andare a dormire aveva appoggiato sul comodino quella masticata e quando si era svegliato gli era venuto un improvviso impulso di infilarla di nuovo in bocca e aveva notato che aveva ripreso il sapore ed era come una nuova, più o meno. Sentiva di aver fregato il sistema. Quella scoperta aveva cambiato tutto, Benjamin aveva iniziato a riutilizzare le gomme e di colpo una durava diversi giorni. Poi però era diventato distratto, aveva lasciato le gomme in posti in cui la mamma le aveva trovate e gli aveva proibito di fare una cosa del genere.

Una volta finito il primo mazzetto guardò Pierre accanto a lui, a mani vuote, con il labbro inferiore tremolante.

«Non ci riesco» disse. «Non riesco a staccare i rami.»

«Non fa niente. Li raccolgo io per te.»

«Ma...» ribatté Pierre. «Prenderò anch'io i soldi?»

«Sì. Li dividiamo.»

Benjamin raccolse altri dieci rami e li diede a Pierre.

«Torniamo a farglieli vedere.»

Corsero nel tramonto con i mazzetti in mano, tagliarono tra gli abeti, superarono la diga finendo sul prato sotto casa e lì, ai piedi dei gradini, videro la mamma e il papà al tavolo, come un isolotto luccicante di candele accese nell'imbrunire. Un'altra bottiglia di vino aperta sul tavolo. Il papà aveva preso un salame. Gli piazzarono i ramoscelli in grembo.

«Bravi!» disse il papà.

«Accidenti» commentò la mamma.

Il papà osservò attentamente i mazzetti, come per controllarne la qualità. Aveva disposto sul tavolo un mucchietto di monete da cinque; un brivido colse Benjamin al vedere quella pila scintillante. Il papà prese due monete e ne consegnò solennemente una ciascuno.

«Vuoi fare il raccoglitore di rami di betulla da grande?» domandò la mamma.

«Può darsi» rispose Pierre.

«Può darsi» ripeté la mamma sorridendo.

Allungò le braccia verso i bambini. «I miei tesori» disse abbracciandoli. «Che carini che fate le cose insieme.» La guancia fresca contro quella bollente di Benjamin. Puzzava di antizanzare e sigarette. Si strinse al petto le teste dei figli e gli accarezzò i capelli, e quando li lasciò andare erano intontiti, come appena svegli, e rimasero un po' interdetti a guardare il sorriso della mamma.

«Il primo lavoro estivo dei bambini» disse il papà, e di colpo gli si riempirono gli occhi di lacrime. Le candele accese luccicavano nel suo sguardo. «Che meraviglia» mormorò cercando il fazzoletto in tasca. La mamma gli allungò la mano.

«Forza ragazzi, sparite!» esclamò il papà e i fratelli scapparono via. «Andate a prenderne altri» gridò, ma loro erano già a metà del prato, correndo sulle gambette leggere nella serata estiva. Questa volta fecero in fretta, Benjamin spezzava i rami e senza nemmeno dover guardare li faceva cadere alla cieca e Pierre era pronto a prenderli e radunarli, e dopo aver racimolato due mazzetti tornarono indietro per la stessa strada, puntando verso la piccola nave di luci nel giardino. Il papà li accolse da lontano. «Ce l'hanno fatta di nuovo!» I bambini accelerarono, lo scalpiccio dei piedi lungo il sentiero sterrato che saliva verso il giardino. «Ce l'hanno fatta di nuovo!»

Il papà prese i ramoscelli e li ispezionò, poi alzò lo sguardo verso i figli. «Siete i re delle betulle.»

E poi corsero via di nuovo. In breve si fece buio, la strada attraverso il bosco era più difficile da vedere, i rami che sfuggivano nell'oscurità li colpivano in faccia. Una volta arrivati videro il lago oltre le betulle come una striscia grigio chiaro.

«Giochiamo a rimbalzello?» propose Pierre.

Scesero fino al lago tra le betulle argentate, appoggiandosi a tutte quelle che superavano in modo che facessero rumore una contro l'altra. Cercarono sulla spiaggia dei sassolini adatti. Pierre ne lanciò uno e l'acqua schizzò tutto intorno al punto di caduta, i pesci sotto la superficie si rivelarono per poi svanire in profondità.

«Ehi!» gridò Pierre verso il lago e l'eco ritornò dopo aver rimbalzato contro gli alti abeti dall'altro lato.

«Ehilà!» gridò Benjamin e Pierre ridacchiò.

«I re delle betulle!» esclamò Pierre a squarciagola, e il bosco confermò dichiarando che era proprio così.

Una leggera nebbiolina gli impediva ormai di vedere l'altra sponda. Pierre diede un calcio ai sassi, uccise una zanzara sul braccio.

«Tutto bene?» chiese Benjamin.

«Sì» rispose Pierre guardandolo interrogativo.

Benjamin non sapeva che dire, non sapeva nemmeno perché aveva fatto quella domanda.

«Continuiamo a raccogliere?» disse.

«Sì. Puoi raccogliere anche per me?»

«Certo.»

E poco dopo ricomparvero di corsa sul prato, sventolando i ramoscelli sopra la testa. Il papà era solo al tavolo.

«Dov'è la mamma?»

«A fare la pipì» rispose il papà, e Benjamin scrutò con lo

sguardo nel buio dietro il cespuglio di lillà, il bagno della mamma quando non le andava di tornare in casa, ed eccola lì accovacciata, con i pantaloni alle caviglie a fissare il lago.

«Vediamo cos'avete portato stavolta» disse il papà, e i bambini gli passarono i mazzetti. «Sono proprio belli» disse controllandoli attentamente. «Domani vi insegno a legarli, perché è importante, bisogna stringere bene, devono restare appesi all'aperto e resistere ai rigidi venti autunnali.»

«Come va lì?» chiese la mamma ricomparendo dalla vegetazione indistinta.

«I bambini hanno portato altri due mazzetti» rispose il papà.

«Caspita» disse la mamma sedendosi. Si allungò verso la bottiglia di vino e riempì il bicchiere. Guardò i mazzetti in grembo al papà, ne prese uno e lo soppesò in mano.

«Ma che roba è?» domandò.

La voce cambiò, il tono si fece brusco.

«I mazzetti sono sempre più piccoli. Guardate qui.» Ne sollevò uno davanti ai bambini. «È la metà del primo che avete portato.»

«Davvero?» chiese Benjamin.

«Non provateci» rispose la mamma. «Sapete benissimo cosa state facendo, vero?»

«Cosa?»

«Volete soltanto i soldi. Ci volete imbrogliare.»

«*Please*» intervenne il papà, che usava l'inglese come linguaggio in codice quando voleva comunicare in segreto con la mamma. «*Calm down*.»

«No, non ho nessuna intenzione di calmarmi. È una cosa schifosa!»

Guardò i figli.

«Sono i soldi che volete?» Prese il mucchietto di monete, afferrò la mano di Pierre e gliele sbatté sul palmo.

«Ecco. Tenete. Prendetele tutte.»

Si alzò, raccolse le sigarette e l'accendino.

«Vado a letto.»

«Tesoro!» la chiamò il papà mentre lei entrava in casa. «*Come back, please!*»

Pierre rimise subito giù i soldi. Il papà rimase seduto con lo sguardo fisso sul tavolo. I mazzetti di betulla erano per terra ai piedi dei bambini.

«Non volevamo farli più piccoli» disse Benjamin.

«Lo so» rispose il papà.

Si alzò e spense le candele, e quando sul tavolo fu calato il buio si piazzò davanti al lago a gambe larghe. Benjamin e Pierre restarono nello stesso punto, immobili.

«So cosa potete fare per rendere di nuovo felice la mamma.»

Il papà si voltò verso i bambini, si inginocchiò accanto a loro e sussurrò.

«Potete cogliere dei fiori per lei.»

Pierre e Benjamin non risposero.

«Potreste farle trovare un mazzo fuori dalla camera. Sarebbe contenta.»

«Ma adesso è buio» disse Benjamin.

«Non deve essere grande. Uno piccolino, per la mamma. Lo fate?»

«Sì» mormorò Benjamin.

«Prendete i ranuncoli. Li adora. Sono quelli gialli piccoli, avete presente?»

Benjamin e Pierre rimasero fermi a guardare il papà che scodellava il cibo da un piatto all'altro con la forchetta e impilava le stoviglie per portarle dentro. Alzò gli occhi verso i bambini, sorpreso di trovarli ancora nello stesso punto.

«Forza ragazzi, andate» sussurrò.

Benjamin e Pierre scesero nel prato. C'erano ranuncoli ovunque, luccicavano come flebili luci nel crepuscolo. La notte estiva era fredda, l'erba si era inumidita. Accovacciato, Benjamin raccoglieva i fiori senza pensare a Pierre e solo dopo un po' si accorse che era in ginocchio in mezzo al prato, con tre ranuncoli in mano, a piangere senza emettere suoni. Benjamin lo abbracciò e premette il suo viso contro il proprio petto sentendo tremare il corpo del fratello mentre lo stringeva.

«Vai a letto» sussurrò Benjamin. «Ci penso io.»

«No» rispose Pierre. «La mamma vuole i fiori da tutti e due.»

«Li raccolgo anche per te. Diciamo che sono da parte di entrambi.»

Pierre risalì di corsa il pendio nell'oscurità e Benjamin si chinò in avanti, abbassandosi verso l'erba bagnata per poter vedere al buio; strisciava vicinissimo al terreno e sentiva il proprio respiro contro il suolo. Alzò lo sguardo verso la casa e vide Pierre entrare e le candele accese all'interno. Pensò che le due finestre che davano sul lago ricordavano due occhi. I gradini di pietra erano i denti, un ghigno storto, la casa ridacchiava verso di lui. Poi si voltò verso gli enormi abeti e provò a immaginare come appariva lui da lassù, dal punto di vista delle cime degli alberi. La casa vista dall'alto, il vecchio tetto, le pietre della cantina, i cespugli di ribes in una simmetria che si coglieva meglio dalle cime degli abeti, l'erba come un tappeto disteso che scendeva verso l'acqua e un puntino nero nel prato, lui, che faceva una cosa inspiegabile. Oltre a tutto ciò, oltre lo specchio d'acqua e i mille abeti, gli sconfinati campi di grigio e ignoto. E Benjamin prese a camminare chino verso il bordo del prato, lasciando che i ranuncoli lo guidassero, fino a farsi inghiottire dal bosco, con gli occhi fissi a terra. Raccoglieva senza pensare a dove lo stessero portando i fiori, e di colpo si ritrovò ai piedi dell'imponente radura di giovani betulle. La luna piena riluceva fra i tronchi e soffiava un vento che faceva frusciare gli alberi. Benjamin fece un passo indietro e quando gli alberi si incendiarono dovette proteggersi gli occhi per non farsi accecare. La radura buia fu invasa da una pioggia di scintille, l'incendio d'argento si sparse incontrollato tra le piante.

7

Ore 18

Benjamin vede la schiena nuda di Nils nella sauna. La massa di nei c'è ancora, come una mitragliata di puntini marroni piantati tra le scapole. La preoccupazione costante di Nils per i nei quando era bambino: li spalmava ossessivamente di creme e protezioni solari. E i continui avvertimenti della mamma a non grattarli. Quando Nils leggeva in spiaggia o prendeva il sole sdraiato sulla pancia, Pierre e Benjamin si avvicinavano di nascosto e gli grattavano forte la schiena, e lui si infuriava, menava le mani come un pazzo.

È la prima volta che vede i fratelli nudi dall'infanzia. Pierre ha i genitali completamente rasati. Non spunta un pelo. Benjamin l'ha visto nei film porno, ma così l'assenza di peluria nella vita reale diventa tangibile. Guarda il proprio pene, un oggetto morto, un moncone di pelle marrone addormentato tra i peli che lo circondano. Il pene di Pierre invece pulsa sulla panca della sauna, come avesse vita propria, una piccola coscienza viscosa. Forse Pierre si accorge che Benjamin lo sta fissando, perché dopo un po' si tira l'asciugamano sulla vita.

«Non sapevo che avessi così tanti tatuaggi» dice Benjamin a Pierre. «Alcuni non li avevo mai visti.»

«No? Stavo pensando di rimuoverne qualcuno.»

«Quali?»

«Questo, per esempio.»

Indica un pugno chiuso stilizzato con la scritta "*Save the people of Borneo*".

«Cosa sta passando la popolazione del Borneo?» domanda Benjamin.

«Niente» risponde Pierre. «Per questo pensavo che fosse divertente.»

Benjamin ride. Nils scuote la testa, si guarda i piedi appoggiati sulla panca più in basso.

«Una volta, da sbronzo, ho chiesto al tatuatore di fare una freccia verso il cazzo con scritto "*It's not gonna suck itself.*"»

I fratelli scoppiano a ridere, all'unisono, tre chiocciare sommessi che si rincorrono a vicenda. Nils lancia un'occhiata al termometro sulla parete e mormora: «Novanta gradi».

«Io devo fare una pausa» dice Benjamin uscendo. Si ferma sulla veranda della sauna. Fuori sono appese sei fascette secche di betulla. Benjamin si appoggia alla parete di legno sfaldata a osservare la fila ordinata. Allunga la mano verso la sesta fascetta, la più piccola per dimensioni, e passa delicatamente il palmo sulle foglie secche appuntite.

Nils esce dalla sauna. «Dài, andiamo a fare il bagno» esclama scendendo di corsa dalla verandina, accorcia il passo quando mette il piede su qualcosa di appuntito e si ferma poi in riva, e mentre rimane a indugiare Benjamin rivede Nils da piccolo, nelle giornate estive in cui il padre gli gridava sempre più irritato da lassù di buttarsi, che l'acqua era bella, cosa aspettava, e urlava sempre più stridulo, quasi impazziva dalla frustrazione per il fatto che il figlio non riuscisse a entrare, e alla fine Nils si arrabbiava e se ne andava senza fare il bagno. Pierre apre la porta della sauna e barcolla fuori dal calore avviandosi verso la spiaggia. Entra in acqua con le mani aperte sibilando «merda» quando mette male un piede su un sasso e quasi cade. Poi si butta e parte a nuotare. Sembra che lo faccia in modo raffinato, bracciate lente nel lago. Benjamin raggiunge Nils in riva. Il livello dell'acqua è basso, devono aver aperto la diga di recente. Tra i sassi bagnati vede un piccolo persico sdraiato su un fianco sulla ghiaia umida, che deve essere rimasto lì quando l'acqua è calata. Si abbassa e afferra il pesce dalla pinna.

«Guarda» dice.

Lo rimette con cautela in acqua, lo vede roteare lentamente e andare su e giù. Poi riemerge, con la pancia bianca proprio sulla superficie dell'acqua. Gli dà una spintarella con il dito cercando di raddrizzarlo e quello resta un po' sul fianco, lui vede le branchie muoversi, il pesce non è morto, ma non ce la fa a trovare l'equilibrio e si rigira sottosopra. Già da bambino esisteva quel terrore per i pesci. Gli piaceva pescare, ma detestava prenderli. C'era qualcosa in quegli strattoni irregolari quando un pesce abboccava. La consapevolezza che dall'altro lato del filo c'era un essere vivente, qualcosa con una coscienza. E quando il pesce si rivelava in superficie, si dibatteva generando schiuma, lottava per liberarsi, Benjamin provava qualcosa che somigliava a una ripugnanza esistenziale. Il padre lo aiutava a uccidere e pulire il pesce. Sempre lo stesso orrore nel momento in cui lo piazzava in verticale sulla panca di legno e gli passava un coltello lungo il dorso.

«Sono solo riflessi, bambini» diceva mentre il pesce si dimenava nella sua morsa, ma quello continuava e il padre doveva premere il coltello più forte, più in profondità, mentre declamava ai figli: «Non sente niente. È già morto». Capitava che i pesci si dibattessero così a lungo che perfino il padre si preoccupava, il suo sguardo vagava, non sapeva che fare.

Il passaggio netto tra barbarie e raffinatezza nel suo lavoro con i pesci. La brutalità con cui estraeva le interiora e le gettava nel lago e poi la fine abilità con cui nel devoto silenzio dei bambini eliminava la cistifellea che rompendosi avrebbe avvelenato la carne.

Accovacciato in riva, Benjamin tocca di nuovo il pesce. Poi un'altra volta.

«Forza, piccolo» sussurra. «Combatterò per te.»

Il pesce è ancora dritto, sensibile ai movimenti dell'acqua, ma ce la fa, rimane fermo un momento. Si riprende nel lago. E all'improvviso comincia a nuotare e sparisce.

Benjamin guarda il fratello.

«Ecco» dice. «Basta buttarsi.»

«Esatto» risponde Nils.

E si buttano nuotando uno accanto all'altro, come due vecchi, qualche schizzo con i piedi e poi si tirano su, tutti e tre vicini. L'acqua è così calda che possono stare fermi, prendersela comoda senza soffrire.

«Facciamo un altro giretto in sauna?» propone Nils.

«Certo» risponde Pierre. «Devo solo svuotare l'intestino nel lago.»

«Fanculo» mormora Nils mentre torna camminando verso la spiaggia.

Pierre ride forte rivolto verso il lago: «Ma cazzo, sto scherzando!».

Si ritrovano nella sauna a guardare fuori dalla finestrella che dà sull'acqua.

«Non era qui in giro che avevamo seppellito la capsula del tempo?» chiede Pierre.

Benjamin si alza e guarda fuori.

«Sì, proprio sotto l'albero, credo.»

Si ricorda la vecchia scatola di latta del pane che il padre gli aveva dato e che lui e Pierre avevano riempito di manufatti per poi seppellirla sottoterra. Era un progetto scientifico che si basava sul passaggio ai posteri di informazioni importanti riguardo la vita delle persone nel Ventesimo secolo.

«Dobbiamo trovarla» dice Pierre.

«Sarà dura» replica Benjamin.

«Perché? Non basta scavare?»

«Ma non sappiamo dove l'abbiamo messa di preciso.»

«Smettila. La trovo io!»

Si precipita fuori dalla sauna e i fratelli lo vedono attraversare lo spiazzo davanti alla finestra. Si inginocchia sotto l'albero e comincia a scavare come un matto con le mani. Toglie un po' di terra che ammucchia di lato e ritenta, ma non c'è niente da fare, si vede subito, scava ma raggiunge appena il secondo strato di terreno. Rimane un momento incerto in ginocchio. Poi si alza e corre via verso il fienile.

«Cosa sta facendo?» chiede Nils.

«È matto» risponde Benjamin.

Nils si allunga verso il secchio e versa l'acqua sulle pietre, che sibilano, Benjamin vede delle goccioline d'acqua formarsi sul petto.

«Com'è per te essere qui?» domanda Nils.

«Non saprei» risponde Benjamin. «È come se una parte di me mi dicesse che sono tornato a casa. Un'altra mi grida che devo andarmene.»

Nils ride.

«Uguale per me.»

«È stato strano rivedere il posto» dice Benjamin. «Ci sono stato un sacco di volte, nella mia testa. Ho ripercorso gli eventi da capo. E adesso...»

Guarda fuori dalla finestra.

«È stato strano, tutto qui» continua Benjamin.

«Benjamin» dice Nils. «Mi dispiace, per tutto.»

Alzano gli occhi uno verso l'altro e li riabbassano subito. Nils versa sulle pietre altra acqua che le zittisce, le prega di tacere.

Pierre ripassa lì fuori con gli zoccoli ai piedi e una vanga. Attraverso la finestra della sauna si sbraccia in ampi movimenti sopra la testa. Infila la vanga nel terreno, così forte che il pene rasato sobbalza e si adagia sulla coscia. Poi comincia a scavare. È sudato e determinato, a ogni colpo di piede sulla vanga il corpo emette un rumore che lui accentua con forti gemiti.

«Non la troverà mai» mormora Benjamin.

Il rumore della vanga contro il metallo si sente fin nella

sauna. Benjamin e Nils si avvicinano alla finestra per guardare. Pierre si butta per terra e comincia a scavare con le mani. Tira fuori un oggetto da un buco e Benjamin lo riconosce al volo. È sporca di terra, ma in certi punti la latta arrugginita luccica: è la scatola del pane. Pierre si piazza in piedi a gambe larghe con la scatola sopra la testa e grida senza emettere parole, come un selvaggio che ha scoperto il fuoco. Benjamin e Nils corrono fuori dalla sauna. Pierre appoggia l'oggetto sul tavolino all'esterno della sauna e si radunano tutti e tre lì intorno.

«Siete pronti?» domanda Pierre. «Perché ora incontreremo noi stessi da bambini.»

Apre la scatola. In cima c'è un quotidiano del mattino. In apertura a tutta pagina: "La NATO bombarda Sarajevo". Sotto spunta una piccola busta. Benjamin la apre credendo che sia vuota, ma poi scorge qualcosa sul fondo. Svuota il contenuto sul tavolo, sembrano piccole mezzelune di plastica. All'inizio Benjamin non capisce.

«Oh, santo cielo» dice poi.

«Che roba è?» domanda Nils.

Benjamin si china in avanti, rovista nel mucchietto giallognolo di fronte a sé.

«Sono le nostre unghie.»

«Cosa?» chiede Nils.

«Ci siamo tagliati le unghie. Ti ricordi, Pierre?»

Pierre annuisce, si siede al tavolino. Tocca delicatamente quelle unghiette. «Abbiamo tagliato la tua mano sinistra e la mia destra. Dieci unghie in modo che il futuro vedesse chi eravamo.»

Benjamin cerca di posizionarle tutte nell'ordine giusto, con i due pollici larghi al centro e le altre quattro ai lati. Appoggia la mano appena sotto le unghie e vede la sagoma di sé da bambino.

Pierre estrae una banconota da dieci corone dalla scatola.

«Guardate qua.»

«Quelle le ho fregate alla mamma» dice Benjamin.

«Mi ricordo» ribatte Nils. «Noi guardavamo dalla finestra e abbiamo visto quando ti ha beccato.»

Benjamin incrocia di sfuggita gli sguardi dei fratelli. Mette giù le dieci corone. Sul fondo della scatola c'è un mazzo di ranuncoli, attentamente seccati e ben conservati. Le foglie gialle luccicano nel sole basso. Benjamin lo porge a Pierre. Lui lo prende con delicatezza e lo osserva. Poi distoglie lo sguardo e si copre gli occhi con una mano.

«Facciamo un altro tentativo di dare questo mazzo alla mamma» dice Benjamin.

Si asciugano in modo approssimativo e si rimettono i completi sui corpi bagnati. Attraversando il prato uno dietro l'altro raggiungono l'acqua.

Benjamin è in riva al lago con un mazzo di ranuncoli secchi in mano. I fratelli sono accanto a lui. Nils tiene l'urna. È pesante e lui cambia di continuo la presa, con un'espressione sempre più confusa sul volto, come se il peso della mamma lo avesse colto di sorpresa.

8

La cantina interrata

«Che schifo» disse Nils superando i fratelli. «Non riesco a guardare.»

«Cosa state facendo?» domandò il papà seduto lì accanto a leggere il giornale.

«Ci tagliamo le unghie!» rispose Pierre. «Le raccogliamo e le mettiamo nella capsula del tempo.»

«Perché volete metterci le unghie?»

«Pensa se le persone saranno completamente diverse tra mille anni. Vedranno com'erano le nostre unghie.»

«Furbo» commentò il papà.

Era mattino presto, il sole era basso e illuminava da una direzione insolita, ancora la rugiada nell'erba, i cereali della colazione rigonfi all'interno delle ciotole nel latte scaldato dal sole. L'aria era più fredda del solito per essere così presto; ogni volta che arrivava una ventata forte il papà stringeva la presa sul quotidiano e alzava gli occhi per vedere cosa stesse succedendo. Beveva il caffè da una tazza che lasciava anelli marroni quando la appoggiava sulle pagine, a volte si alzava e faceva un giro in cucina a tagliare larghe fette di pane su cui spalmava tanto burro da lasciare l'impronta dei denti dopo averle morsicate. Benjamin e Pierre, concentrati nei loro pigiami logori, si tagliavano le unghie e le raccoglievano in un mucchietto sul tavolo all'esterno. Dopo aver finito le infilarono in una busta che misero nella scatola di latta che gli aveva dato il papà. Il primo manufatto era al sicuro.

«Papà, possiamo prendere il giornale di oggi e metterlo nella capsula del tempo?»

«Certo, appena finisco di leggerlo» rispose il papà.

Benjamin osservò il padre che mangiava due uova e sperò che le finisse prima che si svegliasse la mamma, perché lei detestava guardarlo mentre lo faceva.

«Hai dei soldi?» domandò Benjamin. «Voglio metterci dentro anche una banconota.»

«Non potete usare una delle monete da cinque che avete guadagnato ieri?»

«Dev'essere una banconota, così posso scriverci un saluto.»

Il papà si tastò le tasche, si alzò ed entrò nell'ingresso per vedere nel portafoglio.

«Non ho niente» disse. «Dovete chiedere alla mamma quando si sveglia.»

«E adesso cosa facciamo?» chiese Pierre. Sempre irrequieto.

«Potete trovare altri oggetti per la vostra scatola» rispose il papà.

«Non ci sono altre cose» disse Pierre.

«Allora giocate un po' con Molly.»

Quella però non era mai una vera alternativa per Pierre, né per nessun altro della famiglia. Molly non era una giocherellona. Era inquieta, volubile e si spaventava facilmente. La prima estate in cui lei era con loro tutti pensavano che le sarebbe passata, che aveva solo bisogno di tempo per abituarsi, ma poi avevano capito che era così e basta. Era come se avesse paura del mondo, non voleva essere libera, preferiva stare in braccio. Indietreggiava davanti al papà e si teneva alla larga da lui, nonostante i suoi goffi tentativi di mostrare tenerezza. Né Nils né Pierre mostravano grande interesse per lei e forse i fratelli provavano invidia nel rendersi conto che a volte sembrava che la mamma si mostrasse più tenera con il cane che con i figli. L'affetto della mamma per Molly era forte ma periodico, cosa che la rendeva ancora più ansiosa. Spesso lei voleva Molly tutta per sé e si rifiutava di condividerla con gli altri, altre volte si comportava in maniera fredda con lei. Ogni tanto Benjamin trovava Molly come abbandonata, dimenticata, come conseguenza del disinteresse di Pierre e di Nils, della rassegnazione del papà e dell'improvviso gelo della mamma.

Benjamin si sentiva legato a lei. Si interpretavano a vicenda e quell'estate, durante le lunghe ore pomeridiane in cui i genitori facevano la siesta, costruirono lentamente il loro rapporto. Benjamin la fece di nascosto sua. Scendevano al lago, dove Benjamin tirava sassi. Facevano brevi passeggiate nel bosco. Si tenevano compagnia.

«Giocate un po' con Molly» ripeté il papà.

«Ma lei non vuole giocare con noi» rispose Pierre.

«Ma sì, bisogna solo darle tempo.»

Pierre si diresse a passo lento verso il fienile dove teneva i suoi fumetti e Benjamin andò a prendere in braccio il cane. Entrò in cucina, si sedette al tavolo accanto alla finestra con Molly sulle gambe. Quando guardava attraverso quel vecchio vetro la realtà esterna cambiava; se piegava lentamente la testa avanti e indietro la vegetazione si avventurava in giro. Il papà si avviò lungo il sentiero per il vecchio fienile. In riva al lago Benjamin vide la chioma di Nils nel punto della spiaggia in cui stava di solito quando voleva leggere in pace. E proprio sopra Benjamin la mamma dormiva. Conosceva ogni movimento del suo risveglio, sapeva a cosa fare attenzione. I primi passi cauti a piedi nudi sul pavimento della camera e subito dopo il rumore che ricordava una frustata quando sbloccava la tenda che si era incastrata nel fermo. Una finestra si apriva e poi la pioggia dorata fuori dalla finestra della cucina quando svuotava il recipiente che usava se non aveva le forze di scendere a fare pipì di notte. Il piccolo tonfo della porta della camera che si apriva, i passi improvvisi e veloci sulle scale ed eccola in cucina. Calcolò i rischi e le conseguenze che avrebbe corso, ma con tutti quei segnali c'era parecchio tempo per svicolare. Si alzò e sgattaiolò nell'ingresso dove la borsa della mamma era appesa a un gancio. Cercò il portafoglio, diede un'occhiata nell'universo degli adulti, tante carte di credito diverse nelle piccole tasche, ricevute e biglietti del parcheggio che raccontavano di una vita ricca, indizi di tutte le cose grandi che faceva quando lasciava la famiglia per andare al lavoro. Nello scomparto delle banconote ce n'erano da cento, da cinquanta e da dieci tutte vicine. Una quantità incredibile di soldi. Ne estrasse con cautela una da dieci e la strinse tra il pollice e l'indice. Si allungò verso la borsa per rimettere via il portafoglio.

«Cosa stai facendo?»

La mamma lo guardava da metà delle scale. La vestaglia aperta, i capelli da un lato, i segni del cuscino sulla guancia. Non poteva crederci, era impossibile. Come faceva a essere lì senza nemmeno un avvertimento? Era come se non fosse mai andata a dormire, come se avesse trascorso la notte sulle scale, seduta lì al buio ad aspettare in silenzio l'alba, quel momento.

«Rispondi, Benjamin. Cosa stai facendo?»

«Volevo prendere dieci corone per una capsula del tempo, ma dormivi e...»

Tacque. La mamma scese le scale, gli tolse Molly dalle braccia, la mise con delicatezza per terra, la lasciò correre via e poi si voltò verso Benjamin. Lo fissò per un po' in silenzio. Un rapido ghigno svelò i denti.

«Non si ruba!» gridò.

«Scusa, mamma» disse lui. «Scusa.»

«Dammi.»

Lui le porse la banconota.

«Adesso ci sediamo qui un momento.»

Si sedette sulla panca dell'ingresso e Benjamin si mise accanto a lei. All'improvviso due figure fuori dalla finestra;

erano i fratelli che avevano sentito le urla della mamma ed erano venuti a vedere cosa stava succedendo. Premettero il naso contro la finestra; Benjamin incrociò i loro sguardi. Fissò la porta nella speranza che il papà rientrasse, sapeva che era pericoloso se la mamma si arrabbiava e lui era solo con lei.

«Quando avevo dieci anni, o forse nove...» disse la mamma.

Alzò gli occhi, fece vagare lo sguardo sul soffitto ed esplose in una risatina, come se le fosse venuto in mente un dettaglio spassoso della storia che stava per raccontare.

«Avevo nove anni. Un giorno rubai una corona dalla tasca dell'impermeabile di mio padre. Poi presi la bicicletta e andai a tutta velocità al negozio dove avevo deciso di comprare un lecca-lecca. Ma arrivata a metà strada mi fermai in preda all'ansia. Cos'ho fatto?, pensai. E rimasi a lungo a tormentarmi. Poi tornai a casa in fretta e quando arrivai sgattaiolai nell'ingresso e rimisi la moneta nella tasca dell'impermeabile.»

Nel silenzio che seguì, Benjamin guardò la mamma. La storia era finita, era evidente, ma lui non capiva. Non c'era nessuna morale, era tutto indistinto, caotico. Cosa intendeva? Voleva che lui rimettesse la banconota nel portafoglio?

«Ma così...» La mamma sollevò le dieci corone davanti a lui. «Rubare soldi. Non si fa.»

«Scusa.»

«Perché lo hai fatto?»

«Perché sapevo che non me li avresti dati.»

Lei lo guardò.

«Vai in cantina a rifletterci su.»

«In cantina?»

Era una punizione nuova. Altre volte l'aveva mandato nella sauna, quando era spenta. Era rimasto lì solo e ignorato sulla panca più in alto a riflettere sui propri errori. L'educazione della mamma era rigida e piena di regole, ma al tempo stesso sconclusionata. La mamma era severa, ma confusionaria. Lui non sapeva mai quanto doveva stare nella sauna, quando gli era concesso uscire. Doveva capirlo da solo. Ne conseguiva che poi gli rimaneva addosso un senso di colpa: forse aveva lasciato la sauna troppo presto. La cantina interrata invece era un'altra cosa. Odiava stare lì dentro in quella fredda e buia umidità. Le volte in cui il papà gli chiedeva di andare a prendergli una birra faceva in modo di tenere spalancate sia la porta esterna che quella interna, poi si preparava, faceva un balzo rapido nel buio e di nuovo fuori.

«Posso tenere le porte aperte?» domandò.

«Sì, va bene» rispose la mamma.

Si alzò subito e uscì, Pierre e Nils voltarono lo sguardo quando gli passò accanto. Raggiunse la cantina, afferrò la maniglia della porta mezza marcita e alzò lo sguardo sulla parete di alberi che si levava al di sopra. Voltandosi vide la mamma che lo controllava da una delle sedie all'esterno. Lei tirò fuori una sigaretta e si abbassò sotto il tavolo per accenderla riparata dal vento. Lui entrò nell'oscurità. Il freddo lo colpì. Il profumo della terra. Quando gli occhi si furono abituati al buio riuscì a scorgere i contorni della stanza. Contro una delle pareti c'era una cassa da sei lattine di birra e una confezione di latte fermentato. Un po' di cianfrusaglie delle estati precedenti, un sacchetto di plastica e la scatola di una torta comprata per il compleanno della mamma molto tempo prima. Al centro c'era una cassa vuota di birra, che lui ribaltò per sedercisi sopra. Si guardò i piedi nudi sul terreno ghiaioso. Vide la pelle delle cosce accapponarsi. Si pentì di non aver portato un giubbotto, perché a breve avrebbe cominciato ad avere freddo. Dalla stretta apertura della porta riusciva a scorgere l'estate. Vide i cespugli di lamponi e un'estremità del campo da calcio, il retro della sauna dove erano appese le reti. Vide arrivare il cane nell'erba alta, avvicinarsi all'apertura, fermarsi all'ingresso e sbirciare dentro.

«Vieni Molly» sussurrò Benjamin.

Lei fece un passo nel buio cercando Benjamin con lo sguardo.

«Molly» chiamò la mamma dal patio. «Vieni qui.»

Molly voltò lo sguardo verso la mamma e poi di nuovo verso Benjamin.

«Yu-hu» chiamò la mamma. «Vieni a mangiare qualcosa.»

Il cane corse via.

Benjamin vide un vento forte abbattersi improvvisamente sul giardino, passare tra le chiome degli alberi vicino all'acqua e proseguire verso la casa, e quando raggiunse la cantina la porta sbatté con un tonfo. Si fece tutto nero, Benjamin gridò tastando con le mani davanti a sé e barcollò fino a sentire un muro con i polpastrelli. Pensò che se solo l'avesse seguito sarebbe arrivato in fretta alla porta, si mosse a tentoni lungo la superficie ruvida, ma era come sprofondare sempre più nell'oscurità ed ebbe la sensazione che presto non sarebbe più riuscito a tornare indietro. Alla fine riconobbe i contorni del legno, diede un calcione e la porta si spalancò. Aveva deciso di non piangere, ma non era in grado di controllarsi. Voleva uscire, anche se sapeva che la mamma lo avrebbe rimandato indietro. E poi quella sensazione di perdere la presa, di staccarsi dalla realtà. Gli capitava sempre più spesso e non riusciva mai a prevederlo. Durante l'ora di musica, quando suonavano la batteria e l'insegnante gli faceva vedere come suonare un piatto sempre più piano, c'era qualcosa in quel suono che svaniva lentamente, che scivolava via da lui, la minaccia che il silenzio comportasse in qualche modo la fine per lui, e gridava come un matto in mezzo alla lezione e si risvegliava in un altro posto con le facce dei suoi genitori a un palmo dalla propria.

Guardò dall'apertura per aggrapparsi alle cose che sapeva si trovavano lì fuori. E forse fu il suo stato emotivo, oppure le lacrime, o il buio totale lì dentro contro la luce totale di fuori che faceva cambiare i colori rendendoli più chiari, più belli. Come se fosse dentro un cinema a luci spente a guardare un vecchio film proiettato sopra l'ingresso della cantina. Il palo della luce grigio davanti a lui divenne bianco. L'acqua si scurì diventando di un blu corvino. Il prato si illuminò e prese fuoco. Ed ecco il papà di ritorno dal fienile, con un bagliore intorno, come un personaggio delle fiabe, una figura luminosa che passava. Il papà si accorse della porta aperta della cantina.

«Porca miseria, cosa ho detto?» disse avvicinandosi. «Questa porta deve stare sempre chiusa.»

«No, non chiudere» disse la mamma tranquilla dalla sedia.

«Perché no?» chiese lui.

«C'è dentro Benjamin.»

«Cosa stai dicendo?»

La mamma non rispose. Benjamin vide il padre sorpreso guardare dentro la cantina e poi di nuovo la mamma.

«Cosa ci fa lì?»

«Mi ha rubato dei soldi.»

«Ha rubato dei soldi?»

«Sì. Adesso sta lì un po'.»

Il papà fece un passo verso la cantina, arrivando proprio sulla porta. Socchiuse gli occhi cercando di guardare all'interno. Si trovava a soli tre metri da lui senza riuscire a distinguerlo. Seduto sulla cassetta, Benjamin vide il padre in tutti i suoi colori e le sue forme, lo vide illuminare l'intera apertura, una figura enorme circondata d'oro e bagliori stupefacenti. Il papà si tolse il berretto da marinaio, si grattò la testa e rimase un momento sulla porta a riflettere. Si voltò verso la mamma e poi di nuovo verso il buio. Poi se ne andò.

Impossibile dire quanto rimase lì dentro. Un'ora? Due? Vide il sole muoversi fuori e creare nuove ombre, vide le nubi arrivare e scomparire. Nel silenzio e nell'oscurità vedeva e sentiva tutto, con il superudito, sentiva il vento battere alle finestre, sentiva la pompa dell'acqua se qualcuno azionava lo scarico, sentiva le rondini grattare sul legno, e quando alla fine la mamma comparve sulla porta della cantina a dirgli che poteva uscire aveva male alle orecchie, gli fischiavano per il rumore.

Benjamin andò nel fienile dove Pierre leggeva i fumetti seduto per terra. Lui alzò gli occhi.

«Ciao» gli disse. «Sei uscito adesso? Finiamo la capsula del tempo?» Benjamin annuì.

I fratelli superarono il patio, dove la mamma si era messa comoda con il giornale.

«Questi potete tenerli» disse indicando senza guardare il mazzo di ranuncoli dentro un bicchiere macchiato sul tavolo.

Benjamin prese i fiori e la scatola di latta e scesero insieme al lago. Si misero in ginocchio vicino alla sauna e scavarono una buca per la capsula. Il papà aveva piantato da poco un albero proprio lì accanto, quindi la terra appena rimessa era facile da smuovere. Pierre contribuì per un po', poi si stufò vedendo quanto tempo richiedeva e si mise a tirare sassi dentro la rimessa delle barche. Benjamin voleva scavare in profondità, in modo che la capsula non venisse trovata per errore prima del previsto. Si asciugò il sudore dalla fronte e vide il papà venirgli incontro lungo il sentiero. Continuò a scavare facendo finta di non vederlo. Sentì la sua presenza quando se lo trovò di fianco a guardarlo.

«Come va, ragazzo?»

Non rispose e con la sua paletta per i fiori proseguì per approfondire la buca.

«Stai scavando?» chiese il papà.

«Sì.»

«Ho una cosa che puoi mettere nella capsula del tempo.»

Benjamin alzò lo sguardo. Il papà gli allungò la banconota.

«Ma sono i soldi della mamma.»

«Non c'è bisogno di dirglielo.»

Il papà si accovacciò. Benjamin aprì la scatola del pane e ci infilò le dieci corone. Ricoprirono la buca.

9

Ore 16

Camminano in fila nel bosco, passi pesanti nelle radure in cui correvano da bambini. Rallentano nell'ultimo tratto di pendio scendendo dalla montagna, si aggrappano ai tronchi per non andare troppo veloci e sbucano sotto il sole sul sentiero che collega la casa di legno al fienile. Si siedono al tavolino ai piedi della casa. Pierre va a rovistare un momento nell'auto e torna con qualche lattina di birra.

«C'è puzza di carne trita in macchina» dice. «Chi cazzo ha portato la carne trita?»

«Sono i panzerotti che erano nel freezer della mamma, si stanno scongelando» risponde Nils. «Ti va qualcosa?»

Pierre ride, non risponde, soffoca un commento cattivo. La birra è calda, sgorga schiumando dalla lattina e i fratelli bevono in silenzio guardando il lago. Squilla il telefono di Benjamin, un numero sconosciuto; lui spegne la suoneria e lo lascia squillare. Richiamano. Benjamin spegne di nuovo la suoneria.

«Non rispondi?» domanda Nils.

«No, cazzo» mormora Benjamin.

Arriva un messaggio. Benjamin lo legge prima tra sé e poi ad alta voce ai fratelli: «"Salve, sono Johan Dahlberg, patologo. Sono stato io ad aprire vostra madre, se volete sapere qualcosa sulla causa della morte fatemi uno squillo"».

«No grazie» dice Pierre. «Non voglio saperlo.»

«Ma smettila» ribatte Nils. «Certo che chiamiamo.»

Benjamin allarga le mani mostrando che sta ai fratelli decidere cosa fare.

«Chiamalo subito.»

Benjamin digita il numero e appoggia il telefono al centro del tavolo. Si presenta e sente subito all'altro capo un suono familiare, come quando si spegne il vivavoce e si parla direttamente, poi una voce che dice: «Ah, bene», la soddisfazione per aver stabilito il contatto.

«Allora» inizia il patologo. «Poiché le circostanze della morte di sua madre sono state un po', be', come dire...»

Benjamin sente un leggero acciottolio in lontananza, come se intanto l'uomo stesse svuotando una lavastoviglie.

«C'erano delle cose poco chiare, diciamo.»

«Sì, l'abbiamo capito» risponde Benjamin.

«Ecco, esatto» riprende il patologo assente e poi tace; Benjamin lo sente sfogliare tra i documenti. «Aspetti un attimo.»

Aprire. Ci si può esprimere così per una persona? Benjamin si vede subito davanti l'immagine della mamma, aperta. È sdraiata su un lettino sterile al piano meno tre dell'ospedale, al freddo e in solitudine. La pancia come una rosa di pelle e nascosto da qualche parte tra i liquidi viscosi del corpo si trova il segreto del mistero, appuntato su un foglio dal patologo chino su di lei, un'informazione da riportare alle parti coinvolte, figli che vogliono sapere cos'è successo, perché è accaduto tutto così in fretta, com'è stato possibile che una persona un giorno programmasse un viaggio nel Mediterraneo e quello dopo morisse tra dolori atroci.

«Dunque, quello che ci ha stupiti è stata la rapidità del corso degli eventi. Per questo motivo dopo la morte è stata presa piuttosto in fretta la decisione di dare un'occhiata per capire cos'era successo.»

«E cos'avete trovato?»

«Sua madre aveva da qualche tempo un tumore alla tiroide, lo sapevate?»

«Sì» risponde Benjamin.

«Aveva anche una peritonite. Abbiamo trovato una perforazione nella parete addominale, sì, i succhi gastrici sono per così dire colati fuori infiammando una parte sempre più grande dell'addome. Purtroppo è una condizione molto dolorosa.»

I fratelli si guardano intorno al tavolo. Erano presenti, sanno cos'era quel dolore, l'hanno visto tradotto sul suo volto nelle ultime ore di vita, dapprima è comparsa una curvatura sulle sopracciglia e sulle labbra tese e chiuse. Poi è peggiorato. Si lamentava e soffriva, si aggrappava al personale e sibilava cattiverie mirate. Ha premuto il pulsante e gli infermieri sono apparsi sulla porta. Quando ha detto che aveva male allo stomaco uno di loro le ha chiesto se voleva un antiacido.

«Un antiacido?» ha risposto lei. «Credi che abbia la gastrite?» Ha guardato l'infermiere a bocca aperta con un disprezzo ardente negli occhi. «Sento lo stomaco in fiamme! Hai capito? È come un incendio!» Nonostante fosse così piccola e inerme, Benjamin ha provato il terrore di sentire la sua voce salire in falsetto, quel ben noto suono gridato della sua infanzia, di quando lei sbottava.

Ha gridato per ore.

Poi ha smesso.

Sempre perfettamente sveglia, lo sguardo fisso sul muro opposto al letto, senza dire una parola. I figli cercavano di arrivare a lei, facevano cenni davanti al suo volto chiamandola per nome. Lei però non voleva più parlare. Era come se si rifiutasse, come protesta contro i propri dolori.

E poi le è successa quella cosa alla faccia. Doveva avere la bocca secca, il labbro superiore si è incollato alle gengive. Il volto si è bloccato in una smorfia, gli incisivi hanno formato un ghigno che ora Benjamin vede davanti a sé parecchie volte al giorno. Quel silenzio non era affatto da lei. Lei viveva nella collera, ma le ultime due ore le ha passate in silenzio totale. È rimasta immobile nel letto in un angolo della stanza con i denti che brillavano nella fosca luce pomeridiana. Uno dei fratelli ha domandato a un dottore se era sveglia, se riusciva a sentirli. Del resto gli occhi erano aperti. No, i medici non erano in grado di dirlo con certezza.

Alla fine la mamma ha chiuso gli occhi. Nella stanza era entrata sempre più gente da quando il suo stato era peggiorato e poi ne era rimasta sempre meno una volta chiaro che non c'era più nulla da fare. Avevano aumentato la dose di morfina in modo che non soffrisse negli ultimi istanti, e forse per lei la fine è stata più leggera, ma nessuno lo sapeva, perché sul suo volto quella smorfia è rimasta finché non l'hanno portata nella camera mortuaria, e adesso che il patologo sta parlando dei dolori che la mamma deve aver provato Benjamin si rivede davanti il suo silenzioso addio nel letto d'ospedale. Anche dopo che ha ringraziato e chiuso la telefonata, mentre i fratelli restano zitti a guardare le loro lattine di birra, quell'immagine gli si ripropone. Il ghigno muto che si rifiuta di lasciarlo in pace.

«Credi che la sauna sia pronta?» chiede Pierre a Benjamin.

«L'ho accesa un'ora fa» risponde Benjamin. Guarda l'orologio. «Dovrebbe essere calda.»

Nils allunga il proprio telefono a Pierre.

«Ho fatto delle foto che sono venute piuttosto bene» dice. «Scorri a destra per vedere le altre.»

Sul telefono di Nils c'è una fotografia della mamma sul letto di morte. Pierre geme e gli rende il cellulare.

«Perché dobbiamo vedere questa roba?» chiede.

«Secondo me è una bella immagine» risponde Nils. «Si vede che è in pace.»

«Pace? È in preda ai dolori.»

«No, qui è morta. Non si prova dolore da morti.»

«Perché le hai scattate? È da pervertiti. Fare foto ai morti e mostrarle in giro. È stato lo stesso quando è morto papà. Non voglio vedere immagini dei miei genitori morti.»

«Non c'è nulla di brutto nella morte, forse è ora che tu te ne renda conto.»

«Rispetta il fatto che non voglio e basta! Non voglio, punto e stop. Un figlio in lutto non vuole vedere i genitori nel momento della morte.»

«In lutto...» mormora Nils bevendo un sorso di birra.

«Perché?» domanda Pierre. «Cosa vuoi dire?»

«Sembri davvero profondamente addolorato.»

«Chiudi la bocca, il lutto è diverso per ognuno!»

Intorno al tavolo cala il silenzio.

«Accettalo e basta» ribadisce Pierre. «Non voglio vedere le foto della mamma morta. Metti via quella merda.»

Nils non risponde. Riprende il telefono e lo guarda, sorridente e nervoso, passa in rassegna le varie app a caso, e lentamente gli sorge la sensazione di essere stato offeso. Pierre non nota nulla ma Benjamin se ne accorge chiaramente: il disagio di essere stato rimproverato e preso per stupido, che sfocia nella sensazione di sentirsi offeso con cui adesso combatte in silenzio. Si alza dal tavolo ed entra in casa.

«Pierre» sussurra Benjamin. «Forse è stato un po' eccessivo.»

«Ma cos'ha nel cervello? Volevo dirglielo già in ospedale quando si è messo a fare le foto. Se mi costringe a guardarle però vado fuori di testa.»

«Cerchiamo di fare questa cosa in modo da rispettare le ultime volontà della mamma. Non possiamo litigare tra noi.»

Pierre non risponde. Si china sulla ciotola di patatine che Nils ha messo sul tavolo ma non ce ne sono più. Fissa un momento la superficie, poi si alza ed entra. Benjamin vede la sua schiena dalla finestra aperta della cucina, sente la voce ferma.

«Mi dispiace, sono stato troppo duro sulle foto.»

Seduto al tavolo, Nils alza lo sguardo.

«Non fa niente» risponde. «Era l'occasione sbagliata per farvele vedere.»

Pierre allunga le braccia verso il fratello, Nils si alza, le pacche che si danno sulla schiena somigliano a un applauso. Benjamin nota che il suo volto si sta increspando, capisce che Nils sorride. L'abbraccio è breve, ma non ha importanza, perché senza dubbio è avvenuto, e per qualche minuto Benjamin rimane sul patio in una sensazione di pace assoluta, come quando si avvolge una rete da pesca dopo una notte di venti forti e bottino ricco e sembra non ci sia verso, forse la rete è proprio da buttare. Poi però si rivolta un filo nel verso sbagliato e quasi senza nemmeno strattonare si sente un fruscio e la rete si libera, scivola via dalle mani e si adagia in ordine sui ganci appesi al muro.

Pierre e Nils ricompaiono sui gradini. Pierre ha in mano tre lattine di birra.

«Ora della sauna tra fratelli!»

E scendono per il sentiero verso il lago. Poi si fermano sul piccolo terrazzamento della sauna per spogliarsi, si scoprono lentamente e un po' controvoglia. Benjamin vede bruciature identiche sugli stinchi dei fratelli, di quella volta in cui cancellarono l'uno la pelle dell'altro fino a urlare, e c'era odore di peli e carne bruciati e il papà dovette togliergli le gomme dalle mani. Vede i funghi sui piedi di Pierre, fiamme tra le dita. Vede la schiena nuda di Nils nella sauna. La massa di nei c'è ancora, come una mitragliata di puntini marroni piantati tra le scapole.

10

La mano fantasma

Pierre e Benjamin gemevano con le dita rosse perché si erano picchiati i dorsi delle mani a vicenda con un acchiappamosche, ma in breve erano stati zittiti e cacciati dalla cucina dalla mamma e dal papà. Doveva esserci silenzio lì dentro, perché intorno al tavolo si stava ragionando di cose importanti. Benjamin e Pierre si sedettero sulle scale con una buona visuale sui documenti stropicciati, le matrici degli assegni e i moduli. Il papà prese un foglio, lo fissò con aria severa e lo rimise nello stesso punto. Seduto al lato corto del tavolo, Nils firmò un documento, la mamma lo sfilò rapidamente e gliene sottopose un altro. Quella situazione andava avanti da un po', la mamma e il papà ordivano strategie con Nils, mormoravano serissimi, indicavano i fogli e se li scambiavano. Ormai era l'ultimo giorno per l'iscrizione al liceo, bisognava farlo. Avrebbero inviato tutta la documentazione in modo che il figlio maggiore potesse essere avviato verso il mondo accademico. Per anni gli sforzi di Nils a scuola gli avevano conferito una posizione particolare con la mamma e il papà. Era la speranza della famiglia, quello che ce l'avrebbe fatta. Era sempre stato così. In prima era talmente brillante che gli avevano permesso di saltare la seconda e andare direttamente in terza, e ogni volta che tornava da scuola aveva nello zaino qualcosa da mostrare, un trionfo di qualche genere. Temi che i genitori leggevano subito ad alta voce l'uno all'altra, lavori che venivano analizzati e discussi. Se Nils portava a casa il risultato di una prova importante la mamma chiamava sempre a raccolta la famiglia, non apriva la busta marrone finché non erano tutti presenti, prendeva gli occhiali da lettura e declamava il risultato in un silenzio assorto, Nils accanto in attesa con una posa ansiosa, una mano sul fianco e l'altra sulla coscia. Alla fine, quando la mamma comprendeva la portata del successo di Nils, scuoteva la testa e con un sorriso alzava lo sguardo verso di lui al di sopra degli occhiali: «Tu non sei normale» diceva. E la stessa cosa quando sventolava il compito davanti a Benjamin e Pierre dicendo: «Guardate e imparate!».

Fuori pioveva. Le luci erano tutte spente tranne quella della cucina che illuminava di giallo il futuro di Nils da sopra il tavolo. Seduti nell'oscurità della scala, Benjamin e Pierre seguivano gli avvenimenti in silenzio, ascoltando quelle fondamentali conversazioni.

«Sei sicuro di scegliere il tedesco?» chiese la mamma osservando un foglio.

«Sì, credo di sì» rispose Nils.

«Già» disse la mamma. «Peccato solo per il francese. Penso che ti sarebbe piaciuta come lingua, è bella e raffinata.»

«Pensavo di vedere se si può aggiungere una lingua fuori dal piano di studi, così posso studiare sia francese che tedesco. Voglio solo primeggiare a scuola e nel lavoro.»

I genitori orgogliosi si scambiarono un'occhiata. Benjamin guardò Pierre e lo vide allungare lentamente il medio in direzione di Nils. Benjamin ridacchiò e fece lo stesso.

«Vaffanculo» sussurrò Pierre.

«Vaffanculo» sussurrò Benjamin.

«Vaffanculo per sempre» sussurrò Pierre.

Benjamin diede una gomitata nel fianco a Pierre.

«Oh, no» disse Benjamin osservando il proprio medio.

«Cosa?» domandò Pierre.

«Non la vedi? La mano fantasma.»

Pierre vide la mano di Benjamin cambiare, le dita allargarsi di colpo fino a somigliare ai rami ricurvi di un albero morto e rivolgersi verso di lui. Pierre saltò in piedi e scese di corsa i gradini, Benjamin gli si mise alle calcagna e lo inseguì per la cucina, lo acchiappò e lo spinse a terra.

«La mano fantasma!» gridò. «Non sono io! Qualcuno mi sta comandando la mano!»

Benjamin voltò Pierre sulla schiena e gli bloccò le braccia a terra con le ginocchia, poi gli fece il solletico sulla pancia, sul petto e sotto le ascelle.

«Smettila!» urlò Pierre cercando di divincolarsi.

«Come faccio? Non sono io!»

Benjamin aumentò il solletico, Pierre non riusciva a respirare, sul volto gli comparve una risata felice e nonostante Benjamin sentisse le proteste provenienti dal tavolo, le grida di Nils e i versi terrificati del papà, continuò perché nella risata gorgogliante di Pierre c'erano luce e ossigeno, Pierre rideva senza emettere suoni e voltò la faccia a destra, a sinistra e di nuovo a destra, poi si mise a piangere. Benjamin mollò la presa.

«Che c'è? Ti ho fatto male?» chiese.

Pierre non rispose. Si girò sul fianco nascondendo la faccia tra le mani. Benjamin si alzò e vide una pozza di urina luccicare sul parquet e la macchia scura sulla patta dei jeans di Pierre. Molly arrivò per prima alla pozza, la analizzò in fretta e se ne andò.

«Mamma...» disse Benjamin con un cenno.

«Santo cielo» commentò lei alzandosi.

Prese uno straccio che buttò nella pipì, poi lo riportò al lavello e lo strizzò. Facendo quel gesto l'urina le colava lungo le dita, ma la cosa non la toccava. Non provava nulla nei confronti dei liquidi corporei, era sempre stata così. Certo, magari si infuriava quando il papà dimenticava di sollevare la tavoletta del water e schizzava sulla seduta, in quei casi si metteva a gridare, ma se ne fregava di asciugare, si sedeva e lasciava che la pipì venisse assorbita dalla parte posteriore della coscia. La mamma fece un altro giro con lo straccio. Benjamin andò da Pierre che piangeva a terra.

«Non fa niente» disse Benjamin. Gli mise una mano sulla schiena. «A me succede di continuo.»

«No, non è vero» disse Pierre tra le lacrime.

«Sì, invece. Aspetta!»

Benjamin finse di toccarsi levando gli occhi verso il soffitto. Pierre sbirciò fra le dita.

«Adesso mi sono fatto la pipì addosso» disse Benjamin.

Pierre rise in mezzo al pianto. La mamma strizzò le ultime gocce nel lavello. «Vai a cambiarti» disse a Pierre. Poi prese il giornale e le sigarette e si spostò in soggiorno. Il papà chiuse la cerimonia al tavolo della cucina e infilò lo spesso mazzo di fogli in una busta. Passò la fila di francobolli sulla lingua floscia e animalesca che penzolava fuori dalla bocca e la appiccicò. Un'enorme quantità di francobolli. Consegnò la busta a Nils.

«È un grande giorno» disse il papà. La voce gli si spezzò. «Il mio giovanotto» disse. Abbracciò il figlio. I goffi tentativi di Nils di ricambiare l'abbraccio. La tempia contro quella del papà, le braccia senza vita, come tubetti di carne intorno ai suoi fianchi.

«Adesso devi andare» disse il papà, e Nils corse su per le scale a cambiarsi.

Benjamin si sedette sui gradini all'esterno guardando la salita e la stradina sulla quale poco dopo Nils sarebbe scomparso. Il sentiero sterrato era l'unica via d'accesso. E di uscita. Era come se quella sottile striscia di ghiaia collegasse la casa con la realtà. E se veniva invasa dalla vegetazione quel luogo impazziva, perdeva il senno. Capitava che Benjamin stesse lì a guardare il sentiero, più che altro per rassicurarsi che fosse ancora lì. Ogni estate il papà passava un paio di volte con la falce a tagliare l'erba che cresceva tra i solchi lasciati dalle ruote, per mantenere libero il passaggio. I bambini lo accompagnavano sempre ma dovevano tenersi dietro di lui, quando si avvicinavano troppo gridava con voce stridula indicando la lama. «Questa vi mozza una gamba senza che nemmeno ve ne accorgiate.» Quando gli altri due si stufavano e se ne andavano, Benjamin seguiva il papà fino in cima alla strada, vegliando alle sue spalle. Dopo aver finito osservavano il lavoro fatto. «Così dev'essere» diceva il papà. «Come una lunga passera d'erba.» Rideva scompigliando i capelli di Benjamin e poi tornavano indietro lungo il sentiero.

Benjamin si voltò verso il motorino di Nils parcheggiato fuori dalla cantina interrata. Il fratello non aveva ancora quindici anni, ma godeva della fiducia della mamma e del papà, sapevano che guidava con prudenza. Benjamin non aveva mai potuto provarlo, ma appena l'avevano regalato a Nils gli avevano concesso di mettersi accanto e sgasare a vuoto, così aveva sentito la potenza e si era reso conto di cos'era capace il motorino. Era una via d'uscita, per l'altra parte. In quel modo Nils aveva ben altre possibilità di fuga. Lui che tagliava sempre la corda aveva all'improvviso il mezzo per sparire più veloce che mai, ancora più lontano. E Benjamin lì accanto aveva ruotato la mano destra mentre Nils vigilava attento. Benjamin aveva capito che il motorino avrebbe cambiato tutto, lo avrebbe reso definitivamente solo, e aveva sgasato ancora, facendo ruggire il motore, per sovrastare la propria disperazione.

Ogni mattina Nils andava in città, dove aveva trovato un lavoro estivo in un supermercato, ma la sera tornava a casa con i sapori della città. Alla fine del turno spazzava sotto lo scaffale delle caramelle sfuse e invece di buttare quelle che ai clienti erano cadute per terra le raccoglieva in un sacchetto e le portava a Benjamin e Pierre. Svuotavano il contenuto sul tavolo della cucina, eliminavano capelli e grumi di polvere dal mucchio, ripulivano da sporcizia e sassolini, toglievano le caramelle messe peggio, le banane ricoperte di cioccolato calpestate ancora con le impronte delle suole, i cioccolatini al liquore schiacciati come monete da cinque corone. Poi correvano in spiaggia con il bottino per poterle mangiare in pace. Era diventata una tradizione: Nils tornava a casa con le caramelle sudicie e Benjamin e Pierre si sedevano in riva al lago a guardare l'acqua e a rimpinzarsi; a volte quando gli si infilava anche un sassolino in bocca sentivano scricchiolare tra i denti e sbuffavano e sputavano sulle pietre ridacchiando.

Dopo essersi cambiato, Pierre venne a sedersi accanto a Benjamin sui gradini per guardare Nils che andava via. Il fratello si stava preparando per la partenza. Indossò un casco troppo grande, premette sulla sella per vedere se gli pneumatici erano abbastanza gonfi. Infilò la busta in un sacchetto che legò al portapacchi e il papà controllò che fosse tutto a posto. Poi si avviò verso il mondo, prima verso una cassetta della posta per assicurare il proprio futuro, poi al lavoro, e Benjamin lo vide svanire su per la salita, ascoltò il rumore del motore che alla fine annegò nel vento, e conosceva le emozioni nel corpo di Nils perché stava andando dall'altro lato del vialetto, e c'era stato anche lui, tutte le volte che i genitori gli avevano permesso di accompagnarli a fare la spesa. Era come una forza trainante, quella striscia di ghiaia come un condotto spazio-temporale per un'altra dimensione, si viaggiava forte e senza controllo fino a essere sputati dall'altra parte, sull'asfalto, sani e salvi, in un posto che somigliava a un paese, dove c'erano case su entrambi i lati della strada. A volte, nella solitudine, pensava che dall'altra parte di quel vialetto cominciava la vita.

Il papà si sedette accanto a Benjamin e Pierre.

«Eh, già, bambini» disse osservando il giardino. «Che tempo di merda.»

Molly comparve sui gradini e andò ad accucciarsi in braccio a Benjamin. Il papà la afferrò rapidamente, la sistemò premendosela sul corpo e la accarezzò piano sulla testa. Aveva deciso di domare la sua paura, di vincerla a forza con l'affetto. Una volta al giorno la prendeva per mostrarle tenerezza.

«Coccolala un pochino anche tu» disse a Pierre. Lui passò la mano sulla testa di Molly e Benjamin vide il terrore pervaderla, mentre se ne stava rigida e impaurita in allerta, pronta a scappare alla prima occasione.

«Che facciamo oggi, con un tempo così brutto?» domandò il papà.

«Non lo so» rispose Benjamin.

«Non volete avventurarvi nel bosco?»

Pierre e Benjamin non risposero.

«Potete portare Molly.»

«Lei non vuole mai venire con noi» disse Pierre.

«Sì, invece. Se ne può occupare Benjamin.»

Quando il papà mollò la presa sul cane, lei fece un immediato tentativo di fuga. Il papà imprecò, la guardò infilarsi in casa, la sentì piagnucolare e dal buio, attraverso il velo del fumo di sigaretta del soggiorno, arrivò la voce della mamma, camuffata e infantile, che la chiamava: «Yu-hu, yu-hu». E Molly si tuffò nella nebbia.

Pierre e Benjamin si misero le giacche e gli stivali e uscirono. Seguirono i cavi dell'elettricità che partivano dalla casa salendo tra gli abeti e Benjamin pensò che finché il filo nero nell'aria rimaneva visibile avrebbe saputo come tornare indietro. Pioveva delicatamente, il bosco era pesante. Saltarono tra i sassi scivolosi. Andarono più avanti rispetto a dove si fermavano di solito, oltre il sentiero ricoperto di vegetazione che portava alla diga, superarono i massi che sembravano rivolti a faccia in giù nel vasto muschio. Proseguirono fin dove il bosco si infittiva.

«Guarda lì» disse Pierre indicando un'altura.

Tra gli alti alberi spuntava una cabina di trasformazione. Un casotto circondato da file di pali, spuntoni neri dalle punte bianche, rivolti verso il cielo come fuochi d'artificio.

All'esterno c'erano due costruzioni più grandi, pali simili a torri, come ragnatele d'acciaio ai due lati del casotto, che diffondevano i loro cavi neri in tre direzioni diverse nel bosco.

«Che roba è?» chiese Pierre.

«Da lì dentro arriva tutta l'elettricità» rispose Benjamin. Fece qualche passo verso il casotto. «Andiamo a vedere.»

Sia il casotto che il giardino erano circondati da un alto recinto di protezione, sulla rete erano appesi cartelli gialli con fulmini rossi. Benjamin alzò gli occhi, vide i cavi, righe nere che dividevano in campi perfetti il cielo basso e grigio. Guardò il casotto, la facciata macchiata, l'intonaco sbollato che si era accumulato ai piedi del muro. Due finestrelle sul retro facevano sì che ricordasse un'abitazione. Arrivando sul davanti videro che la porta era spalancata.

«L'ha aperta il vento?» domandò Pierre.

«Non sembra» rispose Benjamin. «È stata forzata.»

«Perché qualcuno dovrebbe entrarci?»

«Non lo so.»

Accanto alla recinzione, uno di fianco all'altro con le dita sulla grata, Benjamin e Pierre cercavano di guardare dalla porta aperta, ma non vedevano niente, sentivano soltanto il rumore dell'elettricità, un ronzio sordo che non ricordava nulla che Benjamin avesse già sentito, quasi misterioso, come se lui ne captasse soltanto una piccola parte, come se ci fossero frequenze che non riusciva a percepire. E pensò che forse era così, che in realtà l'elettricità fa un rumore molto più forte, come un urlo irrequieto e costante, e per gli animali del bosco è un suono insopportabile, ma il suo orecchio umano poteva sentire solo un leggero ronzio, come se l'elettricità volesse ricordargli che era lì e avvisarlo: non ti avvicinare.

Proseguirono nel bosco. Raccolsero mirtilli e se li spalmarono in faccia fingendo di essersi feriti e che quello fosse sangue. Lanciarono sassi contro un tronco morto e ogni volta che facevano centro echeggiava nel bosco uno strano suono cavo. Rovistarono in un formicaio con un ramo e videro il cumulo ribollire di vita. Guadarono un acquitrino tanto profondo da sommergere quasi interamente gli stivali, l'acqua che premeva la gomma contro gli stinchi. Trovarono degli escrementi e imitarono quello che faceva sempre il papà, ci rovistarono dentro con un bastoncino e sollevarono lo sguardo austeri per vedere che direzione avesse preso l'animale. Si inoltrarono sempre di più nel bosco e quando Benjamin alzò gli occhi per riorientarsi i cavi dell'elettricità erano spariti. Si voltò in tutte le direzioni. Immagini identiche da ogni parte. Esattamente gli stessi boschi collinosi, gli stessi alti pini, sotto lo stesso cielo piovoso. Il panico non si fece attendere.

«Vieni!» gridò a Pierre. «Dobbiamo tornare indietro.»

Si mise a correre con il fratello a ruota, sentiva il proprio respiro, i rami che scricchiolavano sotto i piedi, cercando tracce nel terreno. Si fermò, si voltò, lentamente si convinse: stava andando dalla parte sbagliata. Si girò, si avviò alla stessa velocità verso un'altra direzione, Pierre lo seguì. Finì con un piede in un acquitrino, lo stivale si riempì d'acqua e la gamba divenne pesante, i passi spugnosi, ma continuò a correre, cercando con lo sguardo i cavi che potevano riportarli a casa. Si fermò ansimante, con le mani sulle ginocchia. Pierre lo raggiunse, ripresero fiato testa contro testa. Pierre alzò gli occhi e Benjamin vide che era rosso e sul collo gli si stavano formando delle macchie.

«Non sappiamo dove siamo?» domandò Pierre.

«Sì sì» rispose Benjamin.

«E come si arriva a casa?»

Benjamin ripensò a quando il papà lo aveva portato a camminare nel bosco e gli aveva detto che se mai si fosse perso sarebbe dovuto andare verso il sole. "Alla fine arriverai sempre al lago." Sollevò lo sguardo, cercò di trovare un punto, qualcosa di luminoso nel cielo grigio, ma era tutto lattiginoso e sfocato.

Ripartirono piano, Benjamin sentiva il bosco diventare sempre più grande e alto, oppure erano loro a farsi più piccoli, a sprofondarci lentamente dentro, se il muschio fosse cresciuto altri cinque centimetri sarebbero annegati. Si sedettero su un grosso masso. Cominciava a scurire e a schiarire: si avvicinava il tramonto mentre le nubi si diradavano e le cime degli abeti catturavano l'ultimo sole del giorno. Pierre scoppiò a piangere e Benjamin si arrabbiò con lui.

«Perché piangi?»

«Non arriveremo mai a casa.»

«Smettila!» sibilò. «Smettila e basta.»

Benjamin pensò che prima o poi la mamma e il papà si sarebbero chiesti dov'erano finiti i figli e sarebbero andati a cercarli. Ma il tempo passava, si faceva buio. Erano fermi lì da parecchio, sembravano due ore, forse tre, quando all'improvviso Benjamin avvertì un rumore lontano nel bosco. Un brontolio sonoro che Benjamin riconobbe al volo, il rumore che normalmente collegava alla disperazione e alla solitudine e che invece in quel momento accendeva una speranza: il motorino di Nils. Capì che il fratello stava tornando dal lavoro, che stava percorrendo lo sterrato sopra la casa.

«Corri!» gridò a Pierre.

E corsero verso il rumore del motore, sentirono Nils sgasare potentemente, sentirono il motore gridare quando scalò la marcia in salita, e passarono colline e alture, nella boscaglia e in mezzo agli alberi, finché di colpo tutto intorno a Benjamin tornò al proprio posto: vide i solchi della ruspa pieni d'acqua su cui qualche ora prima si erano tenuti in equilibrio, vide i cumuli di legname e gli abeti pendenti, e poi i pali dell'elettricità consumati con i cavi neri che attraversavano il bosco. Si precipitarono giù per il sentiero sterrato e fra i tronchi comparve la casa. Nel giardino c'era il motorino di Nils, caldo. Benjamin vide il papà e la mamma sul lago, seduti fuori dalla sauna. Candele accese e bottiglie sul tavolo. In soggiorno Nils stava aprendo un sacchetto del negozio. Aveva comprato una lattina di cola, ancora imperlata di goccioline, e patatine al formaggio, che versò in una ciotola. Quando vide Benjamin gli lanciò un sacchetto.

«Caramelle non vendibili» disse Benjamin a Pierre.

Pierre entrò nel soggiorno.

«Non andiamo da mamma e papà a raccontare cos'è successo?» domandò.

«No, perché?»

«Ci siamo persi. Per un sacco di tempo.»

«Ma adesso siamo qui» rispose Benjamin. «Vuoi le caramelle?»

Nils fece qualche passo verso la finestra e guardò il lago, si assicurò che la mamma e il papà fossero ancora lì e si avvicinò al televisore. Senza esitare infilò la spina nella presa e lo accese. Benjamin guardò ammutolito Nils che avvicinò una poltrona per poter sentire con il volume al minimo e ci si accomodò con le patatine sulle gambe. Nils faceva le cose più impensabili con una sicurezza di sé che Benjamin proprio non capiva. Lui e Pierre si sedettero sul tappeto alle spalle del fratello e sparsero le caramelle tra loro.

«Com'è andata con la busta?» chiese Benjamin. «L'hai imbucata?»

«Sì» rispose Nils.

«Bello.»

Benjamin stava masticando una macchinina rossa che si incollò prima tra i denti e poi sul palato; la lingua gli fece male quando la tolse.

«È molto importante che tu l'abbia spedita» disse.

Nils lo guardò. Si voltò verso la TV.

«Ora tutta la famiglia può tirare il fiato.»

«Sì» rispose Nils. «Perché mi sa che voi due cretini non entrerete mai in nessuna scuola.»

Benjamin e Pierre guardarono il collo di Nils, osservarono la sua postura ricurva davanti al televisore. Benjamin si alzò senza far rumore. Sapeva quali erano i punti deboli del fratello e conosceva bene il più debole. Nils aveva pochi capelli al centro della testa, in un punto grande come una presa di *snus* si scorgeva la pelle bianca nella chioma rada. La mamma gli metteva sempre la crema solare perché non si bruciasse ma spesso ne usava troppa e lui si ritrovava la testa appiccicosa. A volte Benjamin e Pierre lo prendevano in giro per quella macchia, ma solo se sapevano che la mamma non ascoltava. Benjamin si fece avanti di soppiatto e afferrò delicatamente la scarsa peluria sulla punta della testa di Nils facendo un movimento circolare con il dito sulla zona esposta. Nils si voltò di scatto.

«Mollami, cazzo!» gridò.

«Sei così bravo a scuola, tesorino» disse Benjamin.

Ridacchiando tornò a sedersi. Aspettarono un momento, poi Pierre si alzò, si avvicinò di soppiatto e fece lo stesso. Nils sventolò il pugno dietro la schiena come un pazzo, ma lo mancò. Si alzò e rimase fermo con la ciotola di patatine in mano. Sullo sguardo di Nils calò un leggero strabismo, come sempre la sera quando era stanco, e i fratelli lo colsero al volo e lo imitarono incrociando gli occhi.

«Vi giuro che vi ammazzo» disse Nils risedendosi.

Benjamin, che riusciva a prevedere le liti tra i fratelli molto prima che loro stessi si accorgessero di ciò che stava accadendo, era cieco rispetto a quanto accadeva a lui stesso. Si fece avanti un'altra volta con il dito sollevato mentre Pierre tentava di soffocare la propria risatina tappandosi la bocca. Fece giusto in tempo ad appoggiare il dito sulla testa di Nils che lui si voltò e lo colpì, un pugno forte sulla spalla. La forza fu tale che la ciotola cadde dalle gambe di Nils e le patatine si sparpagliarono sul pavimento.

«Fanculo!» gridò Nils guardando quel disastro.

Benjamin comprese che le possibilità di controllare il momento erano finite. Si avviò verso la cucina, ma Nils lo raggiunse in fretta e lo afferrò nella sua morsa. Era più grosso e più forte e lo buttò a terra. Gli bloccò entrambe le mani con la sinistra e gli tirò un pugno sulla tempia. Benjamin sentì ronzare le orecchie e per qualche istante perse conoscenza; la riprese proprio mentre Nils sferrava il secondo colpo, poi un altro, e un altro ancora, la mano chiusa che gli atterrava sulla testa. Non vedeva più nulla, sentiva soltanto le botte sorde e la voce disperata di Pierre sullo sfondo: «Smettila! Lascialo stare!».

I colpi si interruppero. Si accorse che Nils mollava la presa. Rimase a terra a guardare il fratello che buttava un'occhiata dalla finestra e poi correva su per le scale. Qualche secondo più tardi la porta d'ingresso si aprì e dalla spiaggia rientrarono la mamma e il papà con bottiglie, piatti e bicchieri. Benjamin tentò di alzarsi, perché non voleva che lo vedessero lì per terra, non voleva che sapessero cos'era successo.

«Nils ha picchiato Benjamin sulla testa» disse Pierre.

La mamma si fermò sulla porta a guardare Benjamin.

«Cos'avete fatto a Nils?» chiese.

«Lui stava guardando la televisione» rispose Benjamin.

«Che modi sono? Fare la spia così su tuo fratello?»

Benjamin si passò delicatamente le dita sul volto per controllare se stava sanguinando in qualche punto. «Cosa gli avete fatto? Gli avete detto delle cose brutte?» domandò la mamma. Non ricevendo risposta entrò nella stanza gridando: «Rispondete! Ditemi cos'avete fatto a Nils!».

Si voltò verso Pierre.

«Cos'è successo?»

«Stavamo giocando nel bosco e ci siamo persi.»

«No, non è vero» intervenne Benjamin.

«Sì, ci siamo rimasti per ore, e io ho pianto.»

La mamma guardò i figli, la bocca semiaperta, stupore e disgusto. «Viscidi mocciosi» disse voltandosi per tornare nell'ingresso. Benjamin sentì i suoi passi pesanti su per le scale. Rimase seduto sul pavimento ad ascoltare mentre lei apriva la porta della camera di Nils e la richiudeva, poi il mormorio sordo delle bugie del fratello. Si alzò con cautela. Pierre si sedette sul pavimento con il mucchietto di caramelle. Tolse una moneta da dieci centesimi che era finita nel sacchetto. Scelse una barchetta al lampone che sembrava intatta e se la infilò in bocca. Benjamin si lanciò su di lui e lo schiacciò schiena a terra.

«No, la mano fantasma no» gridò Pierre. Benjamin si sistemò le mani del fratello sotto le ginocchia e gli fece il solletico sul petto, sulla pancia e sotto le ascelle. Pierre rideva cercando di divincolarsi, provò a dirgli di smettere, ma era senza voce in quella smorfia paonazza. Dopo qualche secondo gli comparve un'espressione preoccupata sul volto. «Smettila, sul serio, Benjamin. Sto per farmi la pipì addosso.» Benjamin premette le ginocchia verso il basso ancora più deciso, aumentò il solletico e a quel punto Pierre smise di ridere. Tentò di liberarsi, strattonò e si dimenò con tutto il corpo, ma Benjamin era pesante sopra di lui. Riuscì a liberare una mano e colpì Benjamin sul petto e in faccia. L'espressione disperata mentre picchiava senza riuscire a divincolarsi, e poi le lacrime quando sotto di lui si formò una pozza di pipì.

11

Ore 14

Percorre l'ultima curva e subito si delinea nel bosco la casa rossa di legno. Vede il giardino con la vegetazione incolta, getta un'occhiata sugli abeti che fanno sembrare la casa così piccola. L'erba alta fruscia sotto la macchina. Lui prosegue fino alla cantina e spegne il motore. I fratelli restano un momento seduti a guardare fuori.

Sono tornati.

Aprono le portiere, si spingono fuori dall'abitacolo raffrescato e si trovano dentro l'estate. Li accolgono i suoni della casa di campagna, le ventate familiari delle rondini che vanno e vengono, i bombi pazienti e le vespe stressate. Insetti ovunque, uno su ogni singolo fiore. E in tutto il giardino il vento si fa sentire, cattura le cime degli alberi, ronza tra gli abeti e passa sopra l'auto che cigola e scricchiola dopo il lungo viaggio.

«Allora, andiamo?» chiede Benjamin.

«Non entriamo prima in casa» dice Pierre «a controllare che sia tutto a posto?»

«No» risponde Benjamin. «Voglio che la finiamo subito.»

Né Pierre né Nils replicano, ma mettono giù le valigie e fanno qualche passo verso Benjamin, poi tutti e tre percorrono uno accanto all'altro il sentiero tra la casa e il fienile e si infilano nel bosco.

Quello è il bosco di Benjamin.

Ce l'ha dentro, l'ha portato con sé per tutti quegli anni. Ne conosce ogni sasso, ogni passaggio insidioso, ogni betulla crollata. La distanza è minore di quanto ricordi, per attraversare l'acquitrino che una volta era spettrale, infinito, ora ci vogliono sette passi. I massi misteriosi sono ormai perfettamente comprensibili. Gli abeti invece sono ancora incomprensibili. Quando guarda le chiome gli vengono le vertigini, gli sembra di caderci dentro a capofitto.

«È la direzione giusta?» domanda Pierre.

«Sì» risponde Benjamin. «Continuate dritto. Dietro quell'altura.»

Benjamin chiude la fila, osserva la nuca dei fratelli che guardano in basso per vedere dove appoggiano i piedi. Camminano più lentamente, come quando ci si avvicina a un grosso animale, passi delicati nel bosco secco. Aveva il presentimento di non trovare più niente, che la recinzione fosse stata rimossa, il casotto raso al suolo e dove una volta c'erano state le fondamenta solo cespugli e boscaglia. Ovviamente non è così. La cabina di trasformazione è ancora lì tra i pini e anche la rete e i pali. È come se fosse sempre stata lì e ci rimarrà per sempre. I fratelli si fermano poco distanti.

«Non serve andare più avanti» dice Pierre.

«Sì, invece» ribatte Benjamin.

Ora è lui il primo e i fratelli lo seguono. I vetri sono rotti. Tra i mattoni della facciata crescono le erbacce. I cavi neri che un tempo si allungavano tra gli alti pali e alimentavano il mondo sono scomparsi.

«Non è più in funzione» dice Benjamin.

«No, in effetti è così» dice Nils. «È una vecchia cabina. Probabilmente non rispecchia gli standard moderni.»

Benjamin alza lo sguardo verso l'edificio. «Vi ricordate il rumore?»

I fratelli non rispondono, guardano soltanto la facciata.

«Il triste ronzio dell'elettricità. Non ve lo ricordate?»

«Sì» mormora Nils.

Benjamin osserva i fratelli, che si dirigono controvoglia verso l'alta recinzione. Guarda dentro l'apertura nera. La porta è socchiusa. Il chiavistello spaccato è ancora appeso come un membro rotto del corpo dell'edificio.

«Non capisco per quale motivo qualcuno ci si sia introdotto» dice Benjamin. «Non c'è niente di valore, no?»

«Il rame» risponde Nils. «È uno dei migliori conduttori di corrente. E viene pagato bene.»

Benjamin segue la recinzione con lo sguardo, vede che circonda il casotto, e in fondo la rete, il vialetto d'ingresso, e vede la sagoma di se stesso da bambino, il ragazzino che si staccava dai fratelli per avviarsi all'interno. Appoggia la fronte sulla rete. Sente il respiro pesante degli altri due. Ora sono uno accanto all'altro.

«Cos'è successo?» chiede Benjamin.

Nils e Pierre si guardano le mani infilate nella grata. Dalla loro postura Benjamin capisce che non vogliono stare lì. Però non hanno scelta.

«Mi sono dato la colpa per tutta la vita» dice. «Ma con me c'erano anche due fratelli.»

«Eravamo bambini» ribatte Pierre.

«Sì» risponde Benjamin. «Ed eravamo fratelli. Vi ricordate cosa diceva sempre papà? Che dobbiamo essere contenti di essere fratelli, perché è la cosa più forte che esista.»

Benjamin non volta lo sguardo verso Pierre e Nils, fissa soltanto l'ingresso buio.

Nell'angolo del suo campo visivo vede Pierre che si tasta le tasche e tira fuori una sigaretta che si accende proteggendola con la mano a coppa.

«Penso a quel giorno di continuo» dice Nils.

Il sole è ormai basso, le ombre dei pini generano delle macchie nere sui cespugli di mirtilli verde acceso intorno al casotto.

«Quando sono tornato a casa quel pomeriggio» Nils ride

«mi sono sdraiato sull'amaca ad ascoltare la musica e ho pensato: "Se faccio finta di niente sarà come se non fosse successo". Sapevo che eri morto, perché ho assistito. Ero proprio qui e ho visto tutto. E credevo che avrei provato angoscia o terrore. E forse è stato così. Ma sai qual è stato il sentimento più forte?»

Benjamin non risponde, guarda Nils ammutolito.

«Sollievo» dice Nils.

«Oh, santo cielo» commenta Pierre. «Smettila.» Vede un sasso e gli dà un calcio.

«Se dobbiamo parlare di questa cosa facciamolo, no?» continua Nils voltandosi di nuovo verso Benjamin. «Mi dispiace per quello che ho fatto. Ero sconvolto, ma non è una giustificazione. E mi odio per questo. Ma ti sei scordato come stavano le cose? Hai dimenticato come mi tormentavate tu e Pierre? Ho ancora tutti i miei diari. A volte li leggo. Ogni giorno ti auguravo di morire. E alla fine è successo.»

Benjamin osserva Nils. Il leggero strabismo nello sguardo. La cicatrice tra la tempia e l'occhio che si è fatto da piccolo sbattendo sul bordo di una piscina. La pelle liscia, come quella di un bambino, e gli occhi marrone profondo che luccicano meravigliosamente quando il sole li illumina. Benjamin prova di colpo nostalgia per il fratello. Vuole sentire Nils vicino, vuole che Nils lo tenga fermo in modo che non rotoli verso le cime degli alberi e cada in cielo. Appoggia la mano sulla spalla del fratello, sente la sua magrezza, le vertebre sotto la maglietta. È un gesto goffo e inusuale, ma lascia lì la mano; Nils appoggia una mano sulla sua e la accarezza impacciato. Si guardano e annuiscono. Il suo sorriso dolce.

Attraversano il bosco in fila, passi pesanti tra le radure in cui correvano da bambini. Rallentano nell'ultimo tratto della discesa lungo la montagna, si aggrappano ai tronchi per non andare troppo veloci e si ritrovano sotto il sole accecante.

12

L'arco voltaico

Era la festa di mezza estate.

Si ricordava le signore paffute che vendevano caffè e focaccine dietro i tavoli dalle gambe sottili. Si ricordava il vecchio con la scatola di latta sferragliante per i numeri della tombola, che fingeva di sbattere il coperchio ogni volta che ci si avvicinava il dito di un bambino, e i ragazzi che gridavano, se ne andavano e tornavano di nuovo. Un tavolo con la lotteria, cinque corone a biglietto. Si ricordava di aver vinto il primo premio, un dolce al cioccolato, e di aver sentito il cioccolato sciolto che navigava dentro la carta. Si ricordava le coperte da picnic macchiate di caffè su cui le famiglie stavano sedute in posizioni scomode con i thermos aperti. Si ricordava che l'albero per la festa era stato decorato dalle donne, ma innalzato dagli uomini. Grande gioia quando finalmente era stato tirato in piedi, applausi sparsi che svanivano nel vento. Era più forte del solito, le voci provenienti dall'impianto audio svanivano, il suono delle fisarmoniche era lontano e orribile. Si ricordava che Molly si era preoccupata quando il vento aveva afferrato le chiome degli alberi scuotendo le foglie sul prato. Si ricordava che si erano seduti un poco in disparte rispetto agli altri. Proprio come sempre quando la famiglia andava in posti frequentati da altra gente, stavano lì ma non partecipavano davvero. I fratelli sudici ma vestiti eleganti. La mamma aveva tentato di addomesticare la chioma di Pierre con la saliva. Il papà aveva allungato lentamente un paio di banconote ai figli che erano corsi a comprare delle bibite. In realtà nessuno dei tre voleva danzare intorno all'albero, la mamma si sbracciava verso di loro mentre ballavano in cerchio *Små grodorna*, ma si defilarono in fretta uno dopo l'altro per tornare sulla coperta e la mamma rimase da sola con Molly in braccio, cullandola avanti e indietro fino alla fine, e dopo un po' tornò anche lei, sfinita e carica di energie, e si sedette con un grido in falsetto.

«Che dite, andiamo?»

Il papà si alzò subito.

«Sì, andiamo!»

Ogni festa di mezza estate era tradizione della famiglia imboccare la statale e fermarsi in un ristorante a mangiare. Sempre lo stesso posto, sempre vuoto perché la gente era a casa a mangiare aringhe con i propri cari. Il papà e la mamma si sedettero al tavolo che sceglievano di solito, accanto alla finestra, con vista sulla strada.

«Avete un piatto di salumi?»

«No, mi spiace.»

«Avete qualche piatto con il salame?»

«Salame? Sì, lo mettiamo su alcune pizze.»

«Me lo porta su un piattino?»

Il cameriere guardò il papà con aria interrogativa.

«Sì... Non c'è problema.»

«Ottimo, così abbiamo fatto un piatto di salumi. Avete della vodka ghiacciata?»

«Certo» rispose il cameriere.

Poco dopo arrivò con due bicchierini con della vodka sul fondo, che la mamma e il papà sorseggiarono. Il papà fece una smorfia.

«Temperatura ambiente» disse facendo un cenno al cameriere.

«Ci porta una ciotola con del ghiaccio?»

«Non è abbastanza fredda?»

«Sì, però la volevamo un po' più fredda.»

La mamma e il papà si scambiarono un sorriso quando lui si allontanò, bevitori abituali che non trascuravano le goffaggini a cui si esponevano i dilettanti. I pezzetti di ghiaccio scricchiolarono quando li buttarono nei bicchieri che sollevarono uno verso l'altro prima di bere.

Fu un pranzo che lentamente si fece taciturno. Le conversazioni divennero più lente, il papà e la mamma mangiavano apatici continuando a ordinare da bere. Il papà cercava inquieto lo sguardo del cameriere. Non parlavano più tra di loro, soltanto un breve "cin" quando buttavano giù un'altra vodka. Di solito il papà perdeva le forze quando beveva, diventava difficile da raggiungere, ma innocuo; quella volta invece era diverso. Benjamin notò un'irritazione che di solito non aveva. Gridava forte: «Ehi» quando il cameriere non lo vedeva sbracciarsi. Benjamin faceva le bolle con la cannuccia nella bibita e il papà gli disse di smetterla. Dopo un po' lui lo rifece e a quel punto il papà gli tolse la cannuccia cercando di farla a pezzi. Non ci riuscì, la plastica era dura, indistruttibile, fece un altro tentativo sforzandosi fino a mostrare i denti. Accorgendosi che la cannuccia era ancora intatta la lanciò buttandola per terra. La mamma sollevò lo sguardo da Molly che le stava in braccio, colse l'agitazione e riabbassò gli occhi. Benjamin rimase immobile, non osava guardare il padre. Non capiva. Si rendeva conto che qualcosa non era come al solito. Da quel momento doveva stare attento.

Poi risalirono in macchina. Benjamin era sempre all'erta, perché era come se i drammi peggiori accadessero proprio in quei momenti, quando la famiglia si rinchiudeva in uno spazio così piccolo. Lì si scatenavano le liti peggiori tra la mamma e il papà, quando lui smanettava nel tentativo di sistemare l'autoradio, oppure quando lei si perdeva l'uscita e lui gridava disperato guardando l'uscita che svaniva alle loro spalle.

«Devi proprio guidare tu?» mormorò la mamma mentre il papà faceva manovra nel parcheggio.

«Sì, sì» rispose lui.

Dietro Benjamin era seduto al centro, era il suo posto, perché da lì riusciva a tenere d'occhio i genitori, la strada, i fratelli ai due lati. Al momento di svoltare sulla provinciale il papà prese la curva troppo stretta e la macchina si infilò in una radura accanto alla strada, rami e ramoscelli frusciarono contro il parabrezza.

«Ehi!» gridò la mamma.

«Sì, sì» rispose il papà.

Proseguì aumentando i giri del motore, tirando troppo a lungo una marcia bassa e quando alla fine cambiò la macchina sbandò, le teste dei bambini sobbalzarono da sinistra a destra. Benjamin osservò lo sguardo del padre nello specchietto, lo vide strizzare gli occhi mentre l'auto slittava da un lato all'altro. Benjamin non osò aprire bocca, riusciva solo a tacere e concentrarsi, come fosse lui alla guida. Dai finestrini vide che si avvicinavano al fosso. Pierre leggeva indifferente un fumetto che aveva trovato a terra. Nils invece premeva la testa contro il finestrino, seguendo con attenzione i pericolosi movimenti dell'auto avanti e indietro sulla carreggiata. La provinciale si restrinse trasformandosi in uno sterrato in salita con alberi da entrambi i lati. Il papà andava forte nel bosco, ormai mancava poco: quando si inerpicarono sulla ripida salita appena prima di svoltare sul sentiero sterrato e lanciarsi giù verso la casa, Benjamin sentì che forse l'avevano scampata.

All'ultima curva il papà perse il controllo sul fondo sdrucciolevole. La macchina sbandò con gli pneumatici bloccati. Il papà cercò di limitare il danno e l'auto finì dall'altra parte della strada sul bordo del fosso. Benjamin fu sbalzato in avanti atterrando sul cambio, i fratelli caddero dal sedile. Il papà si guardò intorno confuso. Nell'incidente la mamma aveva stretto Molly al petto e controllò rapidamente che non fosse ferita. Poi si voltò.

«State tutti bene?»

I fratelli si lasciarono andare risedendosi ai posti. L'auto si inclinò e loro tre furono spinti verso il lato destro. Il papà accese il motore.

«Cosa fai?» chiese la mamma.

«Dobbiamo rimetterci dritti» rispose lui.

«Non ce la faremo, dobbiamo chiamare qualcuno.»

«Che sciocchezza.»

Tentò di riportarsi sulla strada, sgasò fino a far gridare il motore, la terra e i sassi colpivano il telaio della macchina, che però rimaneva ferma.

«Fanculo!» gridò accelerando di nuovo.

Pierre aprì la portiera dal suo lato.

«Chiudi!» gridò il papà. «Chiudi la portiera, cazzo!»

Benjamin si allungò di corsa su Pierre e chiuse, mentre il motore ruggiva selvaggiamente e la mamma urlava per sovrastare il rumore: «Non ce la faremo!».

Il papà inserì la retromarcia e accelerò, la macchina fece presa sul terreno e uscì dal fosso. Il papà si fermò in mezzo al sentiero per ingranare la prima. Pierre aprì di nuovo la portiera.

«Voglio andare a piedi» disse.

«Anch'io» rispose Benjamin.

Benjamin vide il ghigno del padre nello specchietto.

«Ma cazzo, cosa vi ho detto delle portiere?»

Si voltò a metà e alzò la mano su tutti e tre indiscriminatamente. Molly si divincolò dalla presa della mamma per cercare una via d'uscita dall'auto.

«Devono stare chiuse quando il motore è acceso!»

I fratelli si protessero la testa con le mani quando quella del papà sventolò in aria. Benjamin fu colpito più volte sulla spalla e Pierre una sulla coscia. A fare la fine peggiore fu Nils, perché era in mezzo al movimento del braccio e non riuscì a scostarsi quando la mano del padre oscillava avanti e indietro sul sedile, a ogni colpo ne beccò uno in faccia.

«Basta!» gridò la mamma tentando di bloccare il braccio del papà, ma lui era da un'altra parte, impossibile da raggiungere. Il primo istinto di Pierre fu quello di scappare, cercò a tentoni la portiera per uscire, mentre quello di Benjamin fu quello opposto. Si rannicchiò accanto a Pierre e afferrò la portiera, chiudendo sé e i fratelli tra le botte.

«Adesso è chiusa, papà!» gridò. «È chiusa!»

Qualche altra manata e ceffone e poi il silenzio. I colpi si interruppero e Benjamin si azzardò a guardare oltre le mani. Il papà fissava il volante in silenzio. Poi mise la prima e partì, i tre fratelli di nuovo seduti sul sedile osservavano la strada, seguivano le mani molli del padre sul volante, ogni manovra mentre conduceva l'auto giù lungo il sentiero sterrato e parcheggiava davanti a casa. Nessuno di loro osò aprire la portiera.

«Vado a dormire» disse il papà scendendo. Benjamin lo vide dal parabrezza tra i sedili davanti appoggiarsi ai tronchi che costeggiavano il vialetto, passi larghi e instabili sui gradini e poi sparì. La mamma scese dall'auto, aprì dal lato di Nils e fece cenno ai fratelli di uscire. Si radunarono. Benjamin guardò la madre, lo sguardo annebbiato, il sorriso storto che le veniva sempre quando aveva bevuto troppo e cercava di capire le cose in un mondo che d'improvviso le era incomprensibile.

«Come state?»

Accarezzò delicatamente Nils sul mento.

«Tesoro» disse esaminando una ferita che aveva in quel punto. «Parlerò con papà e ti chiederà scusa. Ma credo che prima abbia bisogno di dormire un po'. Capito?»

I figli annuirono. La mamma si appoggiò al cofano con la mano, voltò il sorriso dolce verso Pierre e lo accarezzò sulla guancia. Lo guardò a lungo, eppure non vide che aveva gli occhi pieni di lacrime, non si accorse che tremava.

«Io e papà andiamo a dormire un po'» disse. «Poi faremo una bella riunione di famiglia su questa cosa.»

Diede Molly in braccio a Benjamin.

«Potete occuparvi di lei?»

E si avviò lentamente lungo il sentiero. Si fermò, come se le fosse venuto in mente qualcosa, ma poi proseguì, superò la cantina e salì i gradini di casa. Solo quando fu entrata Pierre scoppiò a piangere, Benjamin e Nils lo abbracciarono ognuno dalla propria parte, Nils arrivò ad afferrare Benjamin e mentre tutti e tre si stringevano lì accanto alla macchina Benjamin percepì che per la prima volta da molto tempo i fratelli erano uniti.

Fu a quel punto che Molly scomparve. Non era più in sé dopo quel viaggio, gemeva preoccupata, andò avanti e indietro ansiosa lungo il sentiero e poi corse di colpo tra gli alberi, come se avesse deciso di scappare. Benjamin la chiamò, all'inizio incoraggiante, "yu-hu yu-hu", poi severo, "vieni qui subito!". La chiamavano tutti e tre, ma lei non li ascoltò, proseguì lungo la salita, non voleva più stare lì.

E fu così che quel pomeriggio i fratelli si incamminarono nel bosco per seguire quel cane terrorizzato, e alla fine la raggiunsero. Benjamin la prese in braccio, vide la paura nei suoi occhi, sentì il battito attraverso il petto.

Si addentrarono di più nel bosco. Benjamin sii ricordava che Pierre indossava una camicia bianca che la mamma gli aveva infilato con cura nei jeans, ma ormai penzolava fuori. Si ricordava che avevano camminato su radici che facevano pensare alle dita di una persona anziana. Si ricordava che avevano sentito il cuculo da qualche parte tra i pini e che lo avevano imitato. Si ricordava che avevano grattato via da un albero dei pezzi di corteccia che avevano buttato nel torrente che scorreva lungo il fianco del bosco fino al lago. Continuarono a salire. Non era il desiderio di nessuno, nemmeno inespresso, eppure finirono lo stesso lì, sul sentiero che portava alla cabina di trasformazione. Sentirono il rumore dell'elettricità da lontano, come un organo in lontananza, un ronzio a basso volume che si faceva più forte, più cupo man mano che si avvicinavano, e poco dopo videro la sommità della costruzione di metallo che luccicava al sole.

Una volta arrivati superarono le file di pali rivestiti di gomma e raggiunsero la recinzione. Sbirciarono attraverso la porta aperta del casotto.

«Chissà com'è dentro» disse Benjamin.

«Ci saranno un sacco di cavi» rispose Nils.

«Proviamo a entrare?»

«No» disse Nils. «Può essere pericoloso.»

Si misero uno accanto all'altro davanti alla recinzione, con le mani contro la rete. «Una volta ho preso la scossa» disse Benjamin. «Ho chiesto a papà cosa si provava e lui mi ha dato una di quelle pile quadrate e mi ha detto di leccarla.»

«E com'è stato?» domandò Pierre.

«Come una puntura sulla lingua, sono rimasto muto per un po'. Ma poi è passata.»

«Però si possono prendere scosse molto peggiori» disse Nils. «Per esempio se si infila una forchetta nella presa. Si può morire.»

Benjamin abbassò la maniglia del cancello. Si aprì subito. «Anche qui è rotto!» esclamò.

Lo oltrepassò, percorse il praticello esterno al casotto, si mise all'interno della rete della recinzione davanti ai fratelli e la afferrò con una mano. «Fatemi uscire!» gridò fingendo di piangere. «Vi prego!»

Benjamin guardò Molly in braccio a lui. Le passò una mano sulla testa con delicatezza. Si voltò di nuovo verso i fratelli, fece una smorfia e allungò il cane verso di loro.

«Almeno prendete Molly» piagnucolò. «Lasciatela libera, non se lo merita!»

Pierre ridacchiò.

«Torniamo indietro» disse Nils.

«Aspettate» disse Benjamin. «Devo solo guardare com'è dentro.»

Fece qualche passo verso il casotto e si fermò sulla porta,

sbirciò all'interno ma vide soltanto delle sagome indistinte. Cercò a tastoni lungo la parete, trovò un interruttore che premette e subito la stanza venne illuminata da una lampada sul soffitto. Era più piccola di quanto credeva. Una piccola superficie su cui stare e sulla parete opposta una fitta rete di spessi cavi neri che andavano dal pavimento al soffitto. Era come se la stanza vibrasse per l'elettricità che correva lungo le pareti, intensamente e senza sosta, un rumore che ricordava le tre grandi asciugatrici nella cantina di casa in città.

«Secondo voi ci passa la corrente?» chiese Benjamin ai fratelli.

«Sì!» rispose Nils. «Non toccare niente!»

Benjamin raccolse un sasso e lo lanciò con cautela contro i cavi. Il sasso cadde a terra senza che succedesse nulla. Ne prese uno più grande e lo lanciò.

«Non sembra esserci corrente» disse. «Quando tiro i sassi non succede niente.»

«I sassi non sono conduttori elettrici!» gridò Nils. «Non significa che nei cavi non ci sia corrente!»

Benjamin si avvicinò con prudenza, ormai era a mezzo metro di distanza. Sollevò la mano verso la parete nera.

«Non toccarli!» gridò Nils. «Dico sul serio. Puoi morire!»

«No, no» ribatté Benjamin. «Non li tocco.»

Sollevò ulteriormente la mano e si sentì provenire dai cavi un rumore crepitante, come uno scoppiettio, che svanì immediatamente quando Benjamin abbassò la mano.

La sollevò di nuovo verso i cavi. Delle scintille piccolissime, quasi invisibili, si scatenarono tra i cavi e la mano. Più la avvicinava, più crepitavano le scintille. Non aveva mai sentito un rumore simile in vita sua. Faceva venire in mente quando nei film misuravano la radioattività dopo una grossa catastrofe. Poteva farlo variare con la mano; la avvicinò e la allontanò, comprese la potenza, si rese conto che probabilmente Nils aveva ragione. Se avesse toccato i cavi avrebbe potuto farsi molto male, e lo colse un pensiero: non sono mai stato così vicino alla morte. Si voltò a guardare i fratelli.

«Visto?» esclamò. Alzò gli occhi verso i piccoli scoppi di fuoco che attraversavano la stanza.

«Sono scintille! È magia!»

«Smettila!» urlò Nils. «Smettila subito!»

Benjamin alzò la mano e la abbassò, ascoltò il rumore che andava e veniva, le scintille che si levavano intorno a lui, e sorrise guardando i fratelli negli occhi finché tutta la stanza si colorò di blu.

Si risvegliò purificato. Per i primi secondi si sentì libero e senza peso. Si sedette tentando di orientarsi. Poi arrivò il dolore, come un fuoco nella schiena e sul braccio, e gli avvenimenti gli si riversarono addosso. Si voltò verso la recinzione.

Pensò: dove sono i miei fratelli?

Alzò gli occhi verso il cielo, vide il sole più basso. Da quanto tempo stava lì? Cercò di mettersi in piedi ma le gambe non lo reggevano, si arrese e si sedette di nuovo, e a quel punto lo colse un pensiero che iniziò come una leggera nausea nel corpo.

Molly.

Era a un metro da lui. Non ci si poteva sbagliare. La pelle ustionata e la posizione innaturale del corpo. Strisciò fino a raggiungerla, sollevò il corpo ferito e se lo appoggiò in grembo. Osservò il muso senza vita di Molly, la bocca semiaperta, come se dormisse profondamente e si potesse svegliare scuotendola un pochino. Però non aveva il coraggio di toccarla, perché non voleva mettere il dito sulle ferite, nel timore di farle del male. Se la premette al petto, nel punto in cui si trovava al momento della morte. Benjamin respirava in modo più veloce e più pesante, sentì dei rumori sconosciuti e si rese conto che provenivano da lui. E un po' alla volta il mondo scomparve. Aveva lottato tutta la vita contro la sensazione di perdere il controllo sulla realtà, aveva sempre tentato di aggrapparsi a luoghi o oggetti fisici, ma per la prima volta desiderava il contrario, mollare tutto ciò che lo teneva lì. Seduto nel buio guardò il sottile rettangolo verde della realtà, chiuse forte gli occhi e li riaprì verso la porta sperando che il mondo esterno diventasse inaccessibile, che si spegnesse e lui potesse svanire, sganciato dalla realtà, bloccato per sempre nell'oscurità.

Probabilmente perse conoscenza, perché quando guardò di nuovo fuori il sole era ancora più basso. Si alzò e barcollò verso la porta. I primi passi alla luce, superò la recinzione. Il pensiero: dove sono i miei fratelli?

Attraversò il bosco con il cane in braccio. Non si ricordava in che modo era arrivato a casa. Però si ricordava di aver visto il lago, che era scuro, si ricordava che non c'era vento sull'acqua. Si ricordava di aver camminato con le gambe che lo reggevano a malapena e si ricordava di aver visto la mamma sui gradini, in piedi in vestaglia. Si ricordava che la sua sagoma era sfocata, che la vegetazione intorno alla casa veniva offuscata dalle lacrime. Si ricordava che la mamma aveva fatto qualche passo sul prato e lo aveva guardato con una sorta di stupore. E si ricordava che era crollata sull'erba gridando disperata, e il lago aveva risposto.

13
Ore 12

La recinzione si interrompe lì, la provinciale si restringe e le condizioni peggiorano, asfalto rattoppato e dossi inattesi e carcasse di animali lungo il margine del fosso, con il pelo insanguinato e la carne spiaccicata sulla strada. Nessun mezzo in senso opposto, a parte un camion carico di legname. L'autoradio perde man mano il segnale da tutte le stazioni. Si trovano dall'altra parte della Svezia, si addentrano sempre più nei boschi, parlano sempre di meno, e quando alla fine escono dalla provinciale cala un silenzio totale. Stanno di nuovo viaggiando nel cunicolo spazio-temporale. Sono tornati sulla strada sterrata, gli restano cinque chilometri attraverso il bosco e sono arrivati. Lo specchietto vibra e alle spalle della macchina Benjamin vede la polvere levarsi come fumo dai bengala, riversandosi su entrambi i lati, sugli alberi, gli abeti che si fanno sempre più alti man mano che si avvicinano al casolare.

Guida con prudenza sulla vecchia stradina, vede Nils sul sedile posteriore, di colpo chino in avanti e concentrato, con lo sguardo fisso davanti a sé. È come arrivare in un ambiente protetto dai segreti benefattori della famiglia, in cui qualcuno ha investito risorse per lasciare tutto intatto, casomai un giorno fossero tornati. La strada è accidentata e l'auto sussulta negli stessi punti di sempre. I cartelli che indicano gli slarghi per il passaggio di due mezzi sono piegati nello stesso verso di allora. Sono passati i giorni e gli anni in quel luogo o è rimasto tutto fermo? Forse nei boschi succede qualcosa al tempo, non si comporta come dovrebbe. È una strada sterrata, stando sulla destra si può vedere se stessi passare dall'altro lato. All'improvviso vede la vecchia Volvo 245 venirgli incontro, la mamma e il papà seduti davanti, vestiti eleganti per la festa di mezza estate. E lì al centro sul sedile posteriore vede se stesso, lo sguardo attento mentre cerca di controllare che vada tutto bene.

Benjamin sente il rumore del motore attraverso i finestrini abbassati e dietro la cima di colpo spunta Nils sul suo motorino, il serbatoio luccica al sole e lui li supera veloce, solo e triste, viaggia forte sulla sottile striscia di sterrato che collega la casa alla realtà, di ritorno dal turno al supermercato. E guarda un po', tra gli alberi Benjamin e Pierre corrono uno dietro l'altro, si sono persi nel bosco, spaventati e concentrati seguono i rumori del motorino per arrivare a casa.

La macchina si avvicina alla salita in cui la sera ci si trova sempre pesantemente controsole, e una volta giunti in cima rivede se stesso. Eccolo accanto alla strada, il bambino dalle gambe magre, i pantaloni corti e il petto nudo. La mamma è andata in città qualche giorno a lavorare e Benjamin la aspetta da solo sullo sterrato. Il bambino guarda lucidamente negli occhi Benjamin che passa, osserva il volto di quell'estraneo, con disinteresse, si volta verso la cima della salita in attesa della mamma.

Li incrociano tutti, uno dopo l'altro, i bambini che lui è stato.

Benjamin e i fratelli sono ormai arrivati, svoltano sul piccolo sentiero sterrato. Si ricorda l'ultima mattina passata lì, una settimana dopo l'incidente. A colazione all'improvviso ricevettero la comunicazione: andiamo a casa. Tutto si svolse in fretta. Grosse valigie vennero aperte sul pavimento del soggiorno. Il papà in giro a spegnere luci e termosifoni. Mentre caricava le ultime cose in macchina e andava a controllare se le porte erano chiuse, la mamma si accese una sigaretta appoggiandosi al cofano. Fumava senza alcun riguardo con gli occhi sul lago. Benjamin le si avvicinò facendo il gesto di raccogliere la borsa ai suoi piedi, ma lei lo scacciò via con la mano e lui rimase accanto a lei, quasi appiccicato. La mamma volse lo sguardo di sfuggita verso Benjamin e poi di nuovo sul lago.

«Il giorno in cui è successo» disse la mamma scuotendo la sigaretta con l'indice. «Mi sono svegliata nel pomeriggio e non riuscivo a riaddormentarmi. Sono rimasta a letto a fare le parole crociate...»

Fece un cenno indicando il cielo.

«Di colpo si è spento il lampadario. Ho alzato gli occhi stupita. Che problema c'era? E poi dopo pochi secondi si è riacceso.»

La mamma scosse lentamente la testa.

«Non ci ho più pensato, ma ora capisco.»

Sorrise.

«La si può vedere come una cosa bella. È stato come un piccolo saluto, un addio. Tutto si è spento e lei se n'è andata.»

La mamma si avvicinò al fienile per strofinare la sigaretta accesa contro la parete e rimetterla nel pacchetto fumata a metà. Poi si sedette in macchina.

È evidente che su quella strada non passa nessuno da molto tempo. L'erba fra le tracce degli pneumatici è alta, i cespugli sbattono contro la carrozzeria, l'auto picchia nei rami a destra e a sinistra. In quello stretto tratto Benjamin si trova di fronte un'altra macchina, è di nuovo la vecchia Volvo 245, stracarica fino al tetto, nel momento in cui la famiglia lascia la casa di campagna in quell'ultimo giorno. Vede il papà al volante, la mamma seduta accanto che guarda muta la strada davanti a sé. Dietro ci sono i tre fratelli, stretti, spalla contro spalla. Benjamin tiene la destra per dare loro lo spazio di passare. Vede se stesso, proprio di sfuggita, scorge appena il bambino nel posto al centro. Lo sguardo sveglio e triste che controlla con attenzione tutto ciò che succede dentro e fuori dalla macchina. La 245 supera Benjamin e prosegue lungo la salita, nello specchietto lui la segue fino a non vederla più. Svolta all'ultimo incrocio e subito attraverso il bosco si delinea la casa rossa di legno. Vede il giardino con la vegetazione incolta, getta un'occhiata agli abeti che fanno sembrare la casa così piccola. L'erba alta fruscia sotto la macchina. Lui prosegue fino alla cantina e spegne il motore. I fratelli restano un momento seduti a guardare fuori.

Sono tornati.

Seconda parte

DALL'ALTRA PARTE DELLO STERRATO

14

Ore 10

Alza gli occhi verso i grossi tralicci dell'elettricità lungo l'autostrada. I cavi neri si abbassano lentamente verso l'estate fuori dai finestrini, si curvano in su e raggiungono il punto più alto in cui si agganciano alla cima degli enormi blocchi d'acciaio che costeggiano la carreggiata a cento metri l'uno dall'altro, poi sprofondano di nuovo, inchinandosi verso i prati al di sotto.

Alza gli occhi verso i tralicci.

Una volta il quadro elettrico di Benjamin prese fuoco. Riuscì a spegnere l'incendio, ma dovette venire un elettricista a riparare il cortocircuito. L'uomo nell'ingresso smontò il pannello del quadro per accedere. Era svelto, in pochi secondi tolse la copertura raccogliendo le viti nella grossa mano. Dovette andare oltre, cominciò con la copertura successiva e in quel momento la corrente d'aria dell'appartamento afferrò la porta della cucina, che si chiuse con un tonfo alle sue spalle, e la reazione immediata dell'elettricista: lasciò cadere tutto ciò che aveva in mano e sollevò le braccia come sotto la minaccia di una pistola. Benjamin non capiva. Quando l'elettricista raccolse viti e attrezzi sparsi per terra Benjamin domandò cos'era successo. «Deformazione professionale» rispose lui. «Appena sente sbattere qualcosa, un elettricista molla tutto quello che ha in mano.»

Il terrore di prendere la scossa. Da bambino non lo provava mai. Prima dell'incidente era attratto dall'elettricità. Dietro la piscina c'era un maneggio e dopo una lezione di nuoto, mentre gli altri bambini tornavano a scuola, Benjamin fece un giro fino al recinto elettrico che circondava i cavalli al pascolo. Rimase a lungo e guardare il filo sottile e il cartello di pericolo giallo laminato che mostrava una mano che toccava la corda e dei lampi rossi in ogni direzione. Avvicinò entrambe le mani al cavo, come una sfida con se stesso, le mise a coppa senza toccare, poi lo afferrò. Un rapido impulso elettrico gli attraversò la mano fino a raggiungere le ascelle per poi esaurirsi. Si ricorda che dopo si era sentito elevato. Era come se per un momento la corrente avesse fatto qualcosa alla sua caratteristica impotenza, dandogli una botta, mentre lo attraversava era come se sentisse una voce che sussurrava: "Muoviti!".

Pierre guida veloce, costantemente sulla corsia di sorpasso. Quando è costretto a rallentare a causa della macchina che ha davanti – turisti che viaggiano lenti nella corsia di sorpasso – si accoda segnalando con gli abbaglianti, li fa rientrare terrorizzati nella fila centrale dove devono stare, poi accelera di nuovo e il motore va su di giri, con un rumore sano e robusto.

«Cibo!» esclama di colpo Pierre indicando un cartello che si avvicina all'orizzonte.

«Era ora» mormora Nils da dietro.

Il fast food è uguale a tutti gli altri. I lavoratori hanno delle stelline d'oro sul petto, alcuni tante e altri nessuna, in modo che si noti chi è bravo e chi no. Tutti hanno il cartellino con il nome, a parte il responsabile stranamente giovane che vaga attento, con fare da chioccia, dietro le casse, vergognandosi dei suoi dipendenti svogliati, gira nervoso sistemando le cose, mettendo a posto, a volte si ferma semplicemente a guardare i clienti con un sorriso vuoto.

Ordinano hamburger e patatine e si siedono a uno dei tavoli più vicini all'uscita. Nils tira fuori il telefono.

«Devo sistemare il casino che avete combinato» dice. «Secondo me siamo ricercati dalla polizia.»

«Oh, cavolo» ribatte Pierre ridendo.

«No, non c'è niente da ridere. È una cosa serissima.»

Nils esce e Benjamin lo guarda in mezzo al parcheggio nel vento forte, con il cellulare premuto a un orecchio e il palmo sull'altro, per non sentire il rumore dell'autostrada. Pierre rovescia le patatine nel coperchio dell'hamburger, mette in una fila ordinata le bustine di ketchup, quando una finisce c'è subito pronta l'altra.

«Non credevo che saremmo mai tornati» dice Pierre.

«No» risponde Benjamin. Gli viene un pensiero nuovo, alza lo sguardo dal cibo: «Perché credevi di no?».

«Be', intendo per l'incidente. Per te è stata dura.» Benjamin guarda Pierre che afferra rapidamente il cibo. Inzuppa nel ketchup tre patatine, che diventano pesanti e si piegano come tulipani al momento di infilarle in bocca.

«Continuo a non capire» dice Pierre. «Perché hai preso la scossa? La scossa non si prende toccando i cavi? Tu non hai toccato nulla.»

«Non lo capivo neanch'io. Ho passato dieci anni senza sapere cos'era successo. Poi l'ho scoperto.»

«Quindi?»

E Benjamin racconta a Pierre degli archi di luce. Ci sono punti in cui la tensione elettrica è tanto alta che perfino l'aria si carica. Si scalda a diverse migliaia di gradi e alla fine diventa così calda da provocare una scarica, che ricorda un fulmine.

«È così che è andata?» domanda Pierre.

«Sì. È curioso che io non sia morto, dicono gli elettricisti a cui l'ho raccontato.»

«Hai parlato con degli elettricisti?»

«Sì. Molti.»

«Perché?»

«Volevo capire cosa mi era successo.»

Pierre scuote la testa, guarda Nils, che si sposta, ora è su un piccolo manto erboso che dà sull'autostrada a otto corsie.

«Sai quante scosse vengono denunciate ogni anno all'ente per la sicurezza elettrica?» domanda Benjamin. «Cinquanta. Ma sai quante scosse si crede che si verifichino in realtà? Oltre ventimila. Però non le segnala nessuno. Sai perché?»

«Vergogna?»

«Esatto. Si vergognano. Perché sono elettricisti. È una cosa che dovrebbero sapere.»

«Incredibile» dice Pierre appoggiando l'hamburger, con i segni dei denti su un lato come il morso di un topo. Prende una patatina, la mastica come si mangia un bastoncino salato, e lascia il pezzetto che aveva in mano su un tovagliolo sul tavolo. Benjamin vede che ha appoggiato diversi piccoli mozziconi uno accanto all'altro.

«Perché non mangi l'ultimo pezzetto?» gli chiede.

«Mi fa schifo. Ho le dita sporche, le ho messe dovunque.»

Benjamin osserva Pierre liberarsi dei pezzetti di patatine e all'improvviso prova tenerezza per il fratello, perché mentre il mucchietto cresce sul tavolo a lui sembra di vedere un piccolo segno del fatto che anche Pierre si porti dietro qualcosa, perfino in quel comportamento ostinato c'è una storia. Benjamin è sempre rimasto colpito dall'idea che Pierre paresse essere uscito dall'infanzia senza ferite. Sembrava imperturbato, come se tutto ciò che succedeva gli scivolasse addosso ... o magari lo rafforzasse addirittura? Quando però Benjamin vede il fratello impilare le patatine sente per la prima volta che ci sono tracce di qualcos'altro, perché chi non vuole mettere in bocca ciò che ha toccato, in un certo senso non vuole avere niente a che fare con se stesso. Nel silenzio che segue i rumori del ristorante vengono amplificati. Lo sferragliare delle macchine che in modo aritmico e inquieto sputano fuori ghiaccio nei bicchieri di carta. Un asciugamani elettrico che risuona e si zittisce nel bagno. Il brusio dell'autostrada ogni volta che entra un nuovo cliente. Qualcuno ordina un gelato alla spina e un motore piccolo si accende, cupo, come il tasto più acuto di un pianoforte, e Benjamin viene sbattuto di nuovo nella cabina di trasformazione, davanti alla parete di corrente, immagini che lui cerca subito di allontanare, e forse ci riesce, ma sa che torneranno. Ogni volta che sente dei rumori forti e inaspettati ripensa all'esplosione. Come quando aziona lo scarico del water su un aereo e la camera d'equilibrio si apre con un tonfo. I bagliori forti hanno lo stesso effetto. Quando guida su una provinciale nel buio invernale e gli viene incontro qualcuno che di colpo accende gli abbaglianti rimane paralizzato per un momento, si ricorda dell'ultimo secondo, quando la stanza è diventata bianca un attimo prima dell'esplosione. Il pavimento fresco nell'oscurità umida, lui che si sveglia e si orienta, socchiudendo gli occhi verso la luce.

Per la prima volta durante la conversazione Benjamin non distoglie lo sguardo quando Pierre lo fissa.

«Una cosa non ho mai capito» dice. «Come avete potuto abbandonarmi lì?»

Pierre mette giù il bicchiere di cola, preme i polpastrelli su un tovagliolo, scuote la testa con un sorriso.

«Pensi questo?» chiese. «Io non ti ho abbandonato.»

«Quando mi sono svegliato non c'eravate. Cos'altro dovrei pensare?»

«Quindi ancora non sai cos'è successo? Io non ti ho abbandonato. Sono corso verso di te. Ti ho afferrato e nell'istante in cui ti ho toccato ho preso anch'io una scossa.»

«No.»

«No?»

«Non è possibile» dice Benjamin.

«Eri svenuto, non hai visto niente. Prendendo la scossa sei diventato un conduttore, e io l'ho presa toccandoti. Io mi sono solo addormentato. Quando mi sono svegliato ho visto Nils scappare nel bosco. Ho cercato di farti riprendere, ma non c'era verso. Credevo che lui stesse andando a chiamare aiuto. Quindi gli sono corso dietro. L'ho raggiunto proprio quando è arrivato a casa. Si è sdraiato sull'amaca, non capivo niente.»

«E poi? Cos'hai fatto?»

«Gli ho gridato che dovevamo tornare indietro. Ma lui si è rifiutato. Ero nel panico, ho cercato la mamma e il papà, ma non c'erano. E allora sono tornato da solo.»

«No, non è vero. Mi sono svegliato da solo nella cabina.»

«Mi sono perso. Ho corso per trovarti e alla fine mi sono perso io. Non ti ho trovato e non riuscivo a tornare a casa.»

Benjamin appoggia la mano sulla fronte.

«Non ti ricordi?» domanda Pierre. «Quando sei arrivato con Molly io non c'ero. Ero nel bosco a cercarti.»

Benjamin chiude gli occhi. La festa di mezza estate. Ha portato Molly a casa. Lei è sul prato davanti ai gradini, morta. La mamma la solleva e crolla sull'erba con lei. La abbraccia, grida.

Nils.

Eccolo, sul pendio che scende verso il lago, un po' in lontananza. Osserva gli avvenimenti in silenzio. La mamma alza lo sguardo verso Benjamin. Lui si ricorda dei piccoli dettagli, per esempio il fatto che lei ha un filo di catarro che penzola tra il labbro superiore e quello inferiore. Che si vede il suo seno bianco attraverso la vestaglia aperta. «Cos'hai fatto?» Grida a Benjamin, senza sosta, passa dalla rabbia alla disperazione: «Cos'hai fatto?».

Dov'è Pierre? Cerca di vederlo, ma non lo trova.

«Tu non c'eri» dice.

«No. Stavo correndo per il bosco. Alla fine mi sono arreso e mi sono seduto su un masso. Poi ho sentito le grida della mamma. Non l'avevo mai sentita urlare così. Gridava: "Cos'hai fatto? Cos'hai fatto?". E mi sono diretto verso le sue urla. Quando sono arrivato era tutto sottosopra. Era...» Scuote la testa. «Era il caos.»

«Sì» dice Benjamin abbassando gli occhi sul tavolo. «E allora cos'hai fatto?»

«Non mi ricordo. Mi ricordo che volevo lavarmi. Non volevo che la mamma e il papà vedessero cos'era successo. Avevo le mani e le braccia ustionate. Non ti ricordi i segni che mi sono rimasti per settimane?»

«No.»

«Sono andato in bagno e mentre mi lavavo mi si staccava la pelle. Vedevo i pezzetti di pelle sulla ceramica e sentivo le grida della mamma fuori e mi fischiavano le orecchie. Era come se fossi stato in guerra.»

«Non lo sapevo» dice Benjamin. «Non sapevo che avessi tentato di salvarmi. Non sapevo che fossi venuto a cercarmi.»

Pierre scrolla le spalle.

«Perché non me lo hai mai detto?»

«Credevo lo sapessi. E la mamma e il papà dicevano che non stavi bene, che non bisognava parlarti di quello che era successo.»

Le immagini scorrono. Lui barcolla nel bosco con Molly, arriva a casa, vede il lago fermo. Vede la mamma sui gradini. La bocca semiaperta, lo sguardo vuoto, il momento prima che capisca. Ora però vede anche il fratello minore davanti a sé, se lo immagina nel bosco. È perso e arreso quando sente le grida della mamma tra i pini. Parte a razzo, bambino, con le braccia bruciate lungo i fianchi. Eccolo che corre, a sette anni, i suoni del dolore della mamma lo guidano.

Benjamin e Pierre si alzano e si mettono la giacca. Pierre prende l'hamburger di Nils. Quando lasciano il tavolo Benjamin vede il mucchio di patatine fritte che restano lì, monconi che Pierre ha impilato uno sull'altro, una piramide ordinata, come una piccola manifestazione di disgusto di sé.

Salgono in macchina. Il cibo surgelato che Nils ha messo in un sacchetto si sta scongelando, in auto c'è un vago odore di panzerotti ripieni di carne. Riprendono l'autostrada, che diventa una statale, la recinzione si interrompe lì, la provinciale si restringe e le condizioni peggiorano, asfalto rattoppato e dossi inattesi e carcasse di animali lungo il margine del fosso, con il pelo insanguinato e la carne spiaccicata sulla strada. Nessun mezzo in senso opposto, a parte un camion carico di legname. L'autoradio perde man mano il segnale da tutte le stazioni. Si trovano dall'altra parte della Svezia, si addentrano sempre più nei boschi, parlano sempre di meno, e quando alla fine escono dalla provinciale cala un silenzio totale. Stanno di nuovo viaggiando nel cunicolo spazio-temporale.

15

Il ricevimento per il diploma

Il papà guardò giù dalla finestra che dava sulla piazza. Diede un'occhiata all'orologio, si sedette su una delle sedie intorno al tavolo, abbassò lo sguardo sulle gambe. Era vestito elegante, i mocassini color pelle che facevano un tutt'uno con gli stinchi, i pantaloni del completo, che lasciava sempre appesi a una gruccia in cucina fino all'ultimo secondo, in modo che la piega rimanesse intatta, un trucco che spesso suscitava disgusto sia in Nils che nella mamma perché girava per casa in mutande per ore prima di una festa. Indossava il vecchio berretto da studente, sbiadito e sformato, un brandello di stoffa ingiallito sulla testa.

«Fanculo» sussurrò tornando alla finestra. Era costretto a premere la faccia contro il vetro per riuscire a scorgere la strada. Benjamin pensò a come doveva apparire il papà dall'altra parte della finestra, se qualcuno l'avesse visto dalla piazza, le mani sul vetro, la guancia schiacciata, i grandi occhi che cercavano di scandagliare il terreno. Come un animale allo zoo che ha appena capito di essere in cattività.

«Da non credere» mormorò il papà tra sé. «Come si fa ad arrivare in ritardo al ricevimento per il proprio diploma?»

La famiglia si era presentata al mattino nel cortile della scuola ad accogliere Nils che usciva di corsa. Il papà aveva fatto saltare la scuola a Pierre e Benjamin per poter partecipare. Era una cosa importante. A Pierre venne affidato il poster da tenere in mano, una fotografia di Nils a tre anni seduto su un vasino che sorride verso l'obiettivo. Quell'immagine ricordava a Benjamin un aneddoto di famiglia che veniva raccontato ciclicamente dalla mamma, di una volta in cui Benjamin aveva messo le mani nel vasino dopo che Nils aveva finito. La mamma lo aveva trovato in bagno con un pezzo della cacca di Nils in mano; descriveva il modo in cui Benjamin lo addentava di lato, "come se fosse uno spiedino di pollo", poi rideva a lungo senza emettere suoni e ogni volta che lo raccontava lui usciva dalla stanza.

Sul cortile della scuola aveva cominciato a piovere e la famiglia si era stretta sotto un grosso ombrello e poi un uomo entusiasta, forse il preside, aveva contato da dieci a zero con un megafono e si erano aperti i portoni e gli allievi si erano riversati nel piccolo spazio asfaltato, tutti correvano in giro confusi cercando le proprie famiglie. Tutti tranne Nils. Benjamin lo aveva visto subito mentre si dirigeva tranquillo e sorridente dritto verso la fotografia di sé sul vasino.

«Complimenti» aveva esclamato la mamma sollevando cautamente la mano mentre lui si avvicinava. Lei e il papà lo avevano abbracciato. Al collo aveva dei nastri gialloblù con dei fiori, degli orsacchiotti e delle bottigliette di spumante, il peso dell'affetto degli altri, testimonianze dei suoi compagni appese sul petto, amicizie che Benjamin vedeva passare giusto di sfuggita a casa. Quando Nils tornava nel pomeriggio si portava spesso dei compagni di classe, a volte quattro o cinque ragazzi che si accalcavano nell'ingresso e poi intasavano il corridoio. Nils li portava in fretta in camera e chiudeva la porta, ma Benjamin osservava attentamente quando arrivavano e se ne andavano, stava in silenzio sulla porta della camera mentre passavano, quei marcantoni di ragazzi, le facce devastate dai brufoli, silenziosi e con le gambe lunghe, le cosce che arrivavano fino alla cassa toracica.

Nils aveva in mano la busta marrone con la pagella; una bomba atomica di delusione era detonata senza rumore nel cortile quando il papà l'aveva aperta e aveva dato un'occhiata ai voti. Aveva porto il foglio alla mamma, li aveva riletti da sopra la sua spalla, aveva annuito come se se li fosse più o meno aspettati, aveva piegato il foglio e lo aveva infilato nella tasca interna. Benjamin però aveva colto la mortificazione nei loro sguardi. Per tutta la primavera c'erano stati segnali che forse i voti non sarebbero stati così brillanti come la mamma aveva fatto credere agli altri figli.

Nils li aveva salutati in fretta perché doveva fare il giro sul rimorchio del camion con i suoi compagni. Aveva promesso di tornare al più presto e c'era stato un po' di trambusto, aveva visto un compagno e si erano abbracciati facendo tintinnare le bottigliette al collo di entrambi, se n'erano andati con le braccia uno sulle spalle dell'altro verso la lunga fila di camion parcheggiati con il motore acceso, ornati con rametti di betulla, le lenzuola appese ai lati con i messaggi spinti scritti con le bombolette. Il papà aveva gridato al figlio mentre spariva nella calca: «Ti aspettiamo a casa!».

La mamma si era accesa una sigaretta ed erano tornati a casa, stretti sotto l'ombrello, percorrendo la galleria sotto la linea dei treni interurbani, verso il centro, la famigliola con il poster in aria, come se un piccolo corteo di dimostranti attraversasse la piazza.

Erano passate più di due ore e per tutto quel tempo il papà aveva fatto avanti e indietro dalla finestra per scorgere il figlio scomparso. Andava al tavolo alla parete per controllare il mangiare. C'erano alcuni piatti con delle fette di mortadella, rape e sale. Quattro mezze uova sode con caviale di lompo. E su un piatto a sé dell'emmental finlandese. Era l'orgoglio del ricevimento, quello che a Nils piaceva più di tutto. Di solito ne tagliava una fetta, spalmava uno spesso strato di burro sul formaggio e poi arrotolava il tutto formando un tubetto che mangiava in un boccone davanti alla TV la sera. Pierre e Benjamin non riuscivano a guardare, il burro grasso sul formaggio grasso, quando cominciava facevano versi di conati di vomito e se ne andavano dal soggiorno con fare dimostrativo. E Nils restava lì al buio, nel freddo bagliore azzurro del televisore, sbafandosi il formaggio fino all'ultima briciola.

La mamma fumava rannicchiata sul divano, il posacenere sulle gambe per evitare di doversi chinare sul tavolo. Leggeva un settimanale, e quando il papà trafficando con le posate fece cadere una forchetta per terra alzò lo sguardo.

«Metti in frigo lo champagne, ormai è caldo» disse tornando alla rivista.

Dalla piazza provenne all'improvviso della musica al lento passaggio di uno dei camion di studenti e il papà si affrettò ad affacciarsi schiacciandosi contro la finestra. «Fanculo» sibilò quando il mezzo svanì dal suo campo visivo, e allora cambiò posizione. Benjamin sentì il rumore dell'ascensore fermarsi al piano e aprirsi, il tintinnio delle chiavi che si avvicinavano alla porta.

«È arrivato» disse.

«No, no» rispose il papà guardando fuori. «Non era il suo camion.»

La porta si aprì.

«Ciao» esclamò Nils. Il papà si precipitò.

«Ben arrivato!» disse guardandosi intorno. «Benjamin» sussurrò facendogli cenno di andare ad accogliere Nils, poi si voltò e chiamò Pierre, che si manifestò subito sulla porta della sua camera.

«Scusate» disse Nils. «Il camion è andato fino in centro e non potevo scendere.»

«Non fa niente» ribatté il papà. Prese la bottiglia di champagne, svolse la stagnola come fosse una rosa e svitò il tappo a denti stretti, tenendolo a distanza nel caso in cui schizzasse verso il soffitto.

«Champagne rosé» esclamò.

Si radunarono tutti e cinque nel soggiorno a guardare il papà che riempiva tre bicchieri. Prese gli occhiali dalla testa e picchiettò qualche volta sul bordo del bicchiere. Si schiarì la voce.

«Al nostro ottimo studente» disse levando il calice. «Siamo fieri di te.»

La mamma, il papà e Nils brindarono e bevvero.

«È caldo» commentò la mamma voltandosi poi verso Benjamin. «Mi vai a prendere qualche cubetto di ghiaccio?»

Quando Pierre prese un piatto e si servì mezzo uovo il papà sibilò: «Ma insomma. Lascia iniziare Nils, accidenti».

«Va bene così» intervenne Nils con una gentilezza che suonava insolita e artefatta. «Può servirsi prima di me.»

Un quarto d'ora dopo Nils si preparò per uscire di nuovo. Doveva vedere dei compagni e la sera sarebbe andato a una festa. Era nell'ingresso, chino sulle sue scarpe, e il papà sulla porta della cucina.

«Nils» disse. Sventolò l'emmental. «Guarda cosa ti sei perso.»

«Ohi» rispose Nils. «Che buono.»

«Possiamo mangiarlo stasera quando torni a casa. Del resto è l'ultima sera.»

«Va bene.»

La porta sbatté e Nils sparì. Il papà rimase un momento a fissarla. Si tolse il berretto e lo appoggiò sul tavolo del corridoio. Entrò in camera. E da lì cominciò una nuova attesa, quella del successivo ritorno di Nils. Ogni ora diventava importante, perché il giorno dopo sarebbe partito, nove mesi da volontario in America Centrale. Il fatto che avvenisse così all'improvviso, subito dopo il diploma, Benjamin lo interpretò come una pericolosa provocazione verso i genitori, un modo per dimostrare loro che non voleva stare a casa un giorno più del necessario. La mamma e il papà invece sembravano credere a lui quando diceva che gli serviva una pausa da tutto, voleva ripulire il cervello e vedere il mondo. Benjamin percorse il corridoio che conduceva alle varie camere, aprì con cautela la porta della stanza di Nils. I bagagli erano già pronti, tre valigie impilate una sull'altra. La mensola porta CD era vuota, lo stesso la libreria. Sulle pareti si notavano soltanto i segni simmetrici della colla che aveva tenuto appesi i poster dei film, ormai rimossi. Un compito svolto in maniera chirurgica. Nils aveva detto che sarebbe tornato in primavera, ma Benjamin capì che una persona che lasciava la stanza in quello stato, così ripulita, lo faceva per sempre.

Entrò in camera sua. Era pomeriggio, ma sembrava tarda sera. La mamma era tornata sul divano con la rivista. Il papà leggeva un libro su una poltrona in camera. Benjamin si sdraiò sul letto, chiuse gli occhi un momento e si addormentò. Quando si svegliò, fuori era buio. Guardò la radiosveglia: 22.12. La stanza era fredda perché una finestra era rimasta aperta e lui pensò di alzarsi, ma non riusciva a decidersi. Ascoltò i rumori di casa, un televisore acceso in soggiorno, ma non sentì conversazioni. Era tornato Nils? Di colpo un grido stridulo della mamma.

«Ma la smetti?»

Doveva essere Pierre che masticava i cubetti di ghiaccio, la mamma non lo sopportava e lui lo sapeva, ma non riusciva a smettere. Benjamin sentì dei passi sul parquet, Pierre che se ne andava dal soggiorno ed entrava in camera. Poi uscì di nuovo, Benjamin lo udì camminare, e di colpo eccolo sulla porta della camera; con una sigaretta in mano andò sul balconcino della stanza di Benjamin. Fumava di nascosto da tempo e dava prova di un coraggio sempre maggiore. A volte la mamma gli annusava le dita, lo controllava, come se ne avesse il sentore, e per evitare di farsi beccare Pierre si spruzzava l'aceto sulle dita dopo ogni sigaretta, se ne portava sempre dietro una bottiglietta, e si igienizzava in ascensore quando tornava a casa la sera. Sempre quell'odore acre sul pianerottolo, sui vestiti. La mamma non capiva; una volta che era andata a fare una cosa in camera sua aveva detto confusa che c'era odore di "cibo".

Benjamin osservò Pierre sul balcone, i gesti abili con le sigarette, la mano a coppa perché il vento non spegnesse il fiammifero, il modo disinvolto in cui teneva la sigaretta accesa tra le labbra mentre tirava su la cerniera della giacca, il gesto con cui si chinava appoggiando le braccia sulla ringhiera, aspirava e soffiava il fumo fuori dal naso. In quei movimenti sembrava un uomo molto più grande, quando pareva fissare lo sguardo, come se di colpo gli fosse venuto in mente un dolore della vita, oppure quando osservava i palazzi con una smorfia dopo aver fatto un altro tiro. Benjamin non pensava più che Pierre ricordasse un bambino o un ragazzo; pareva appesantito da cose che solo chi aveva vissuto una lunga vita poteva comprendere. Era sempre più introverso, raramente aveva voglia di parlare di cose che avevano coinvolto entrambi. Era un cambiamento. Benjamin si ricorda di una volta in cui la mamma e il papà avevano litigato pesantemente, si erano gridati addosso in casa, la discussione era degenerata sul piano fisico, passi rapidi in corridoio, una porta che sbatteva, la mamma aveva cercato di sottrarsi alla collera del papà; si ricorda il ghigno furioso del papà che apriva la porta, infilava una mano nello spiraglio e picchiava, si ricorda che aveva portato Pierre in un armadio e aveva chiuso l'anta mentre là fuori la lite proseguiva, rumori di colpi e urla, suoni che nutrivano immagini impensabili dentro Benjamin, e i bambini si erano seduti per terra stringendosi. Pierre piangeva e Benjamin gli tappava le orecchie sussurrando: «Non ascoltare».

Erano insieme.

Rimanevano ancora momenti in cui percepiva lampi di ciò che erano stati. La mattina presto in cucina, uno accanto all'altro in pigiama a sciogliere il cacao nel latte. E quando Pierre lo versava Benjamin imitava il papà sussurrando costernato: «Come sei goffo!». E Pierre imitava il modo della mamma di chiudere i conflitti: «Vado a dormire». Ridacchiavano. Rimanevano lì spettinati, di nuovo zitti, a mescolare il latte, erano insieme.

Poi però andavano a scuola e lì Pierre era un altro. I due che erano sempre stati una sola persona potevano passarsi accanto senza nemmeno salutarsi. Durante una pausa tra una lezione e l'altra, Benjamin camminava per il corridoio e aveva sentito un baccano improvviso tra gli armadietti, e quando era passato lì accanto aveva visto che Pierre aveva appeso al muro un alunno più piccolo e chino in avanti teneva la fronte premuta contro quella del ragazzino. Benjamin se ne era accorto passando di sfuggita, non aveva voluto vedere, ma poi si era portato dietro un fermo immagine dell'esplosività del fratello che non era riuscito a dimenticare. Aveva visto lo stesso atteggiamento tra i ragazzi del centro ricreativo e nella gang che girava in piazza e a volte entrando in metropolitana riusciva a paralizzare un intero vagone. In loro vedeva una virilità che non comprendeva e a cui lui non prendeva parte. Lentamente cominciava a capire che era di famiglia, Pierre ce l'aveva, nei suoi comportamenti sempre più irrazionali, il tintinnio dello zaino con gli shuriken che aveva costruito nell'ora di tecnica. E Benjamin lo aveva visto il pomeriggio dietro la palestra fumare e lanciarli contro il muro con i suoi amici. Un giorno si era ossigenato i capelli, di testa sua senza chiedere alla mamma. Qualcosa era andato storto, era venuto giallo come un pollo e il giorno dopo li aveva colorati di nuovo, così neri che viravano verso il blu. Era solo una tinta, ma cambiava il modo in cui lui veniva percepito, quel blu scuro incomprensibile, che si vedeva da lontano nel cortile della scuola, e lo sguardo all'erta, come se fosse sempre diretto a un'imboscata. E il rumore costante nei corridoi, lo sferragliamento degli shuriken nello zaino e gli alunni più piccoli appesi agli armadietti.

Aveva cominciato a osservare Pierre di nascosto durante gli intervalli e solo allora, vedendolo da lontano, era riuscito a scorgere se stesso. Era pieno inverno, la temperatura sottozero e già all'intervallo delle due era buio; gli allievi giocavano sull'asfalto ghiacciato, dalle bocche usciva il fumo e quando cercavano di lanciare la pallina da tennis rimaneva appiccicata ai guanti bagnati di neve, e Benjamin aveva visto Pierre lì accanto, guardava con addosso la giacca leggerissima, senza berretto e con le mani bluastre sprofondate nelle tasche dei jeans. E di colpo la rabbia aveva pervaso Benjamin: perché i genitori non gli avevano dato una giacca più pesante? Perché non gli avevano dato berretto e guanti? Solo tornando in classe si era reso conto che stava gelando e aveva notato che la sua giacca era leggera come quella del fratello.

Lentamente aveva ricollegato i fili, aveva imparato a conoscere se stesso guardandosi intorno. Lo sporco a casa, le macchie di urina sul pavimento intorno al water, che facevano scricchiolare le pantofole del papà quando ci si avvicinava, i grumi di polvere sotto i letti che se ne andavano a spasso piano nella corrente provocata dalle finestre aperte. Le lenzuola che lentamente ingiallivano nei letti dei ragazzi prima di essere finalmente cambiate. Le stoviglie sporche nel lavello, quando si apriva il rubinetto i moscerini della frutta si levavano preoccupati dai loro nascondigli tra i piatti. Le striature di sudicio sulla ceramica della vasca, come marcatori dell'alta marea in un porto, i sacchetti della spazzatura impilati uno sull'altro accanto alla scarpiera nell'ingresso. Benjamin aveva cominciato a capire che non solo la casa era sporca, ma anche le persone all'interno. Aveva iniziato a mettere insieme i pezzi del puzzle, a paragonarsi agli altri. In classe si puliva lo sporco sotto le unghie con l'aiuto di una matita a mine. Era una cosa che faceva passare il tempo e gli piaceva che quell'impiego desse un risultato immediato: passava con cautela l'acciaio sotto le unghie e le strisce scure svanivano una via l'altra senza lasciare traccia. Raccoglieva il sudicio in un mucchietto sul banco. Quando guardava le unghie dei compagni notava che non erano sporche, c'era qualcuno che si prendeva cura delle loro mani, controllando che fossero pulite e in ordine. L'insegnante di disegno, che stava spesso chino su di lui, puzzava di caffè e di un detersivo al profumo di mela che rimaneva appiccicato ai maglioni fatti a mano che indossava. Una volta aveva chiesto a Benjamin di fermarsi alla fine dell'ora. Il professore si era accovacciato accanto a lui e aveva detto che a volte quando lo aiutava con un compito sentiva che puzzava di sudore, e non voleva intromettersi, ma sapeva come erano i ragazzini della sua età, che cercavano ogni occasione per essere cattivi con gli altri, e un giorno lo avrebbero preso in giro perché puzzava. Benjamin lo aveva ascoltato con attenzione. In realtà ci sono solo due regole, gli aveva detto: cambiare calze e mutande tutti i giorni e lavarsi ogni mattina. La sera stessa Benjamin aveva ispezionato la sua igiene personale. Mentre nessuno lo vedeva si era infilato la mano nella maglietta passandosela sotto l'ascella e l'aveva annusata. Per la prima volta aveva sentito l'odore del suo sudore. Di colpo aveva visto tutto chiaro.

Sul balcone Pierre fece un ultimo movimento con la sigaretta e la sparò via con il pollice e il medio; quella volò via come uno scarabeo oltre la ringhiera. Entrò, chiuse silenziosamente la portafinestra, fece qualche passo attraverso la stanza e sparì. La zaffata di aceto rimase nella camera di Benjamin una volta che lui se ne fu andato.

Benjamin rimase a letto. I lampioni del parcheggio si attivarono con un baluginio, si accesero uno dopo l'altro illuminando le veneziane e formando sottili lance di luce sulla parete. Una piccola lampada sul davanzale emetteva un debole bagliore che si infilzava in puntini nel soffitto, sembravano le meduse luccicanti in un mare verde che una volta aveva visto in un documentario in TV.

Ascoltò i rumori della serata di periferia, due cani in strada se la presero uno con l'altro. Alcuni ragazzi attraversarono di corsa la piazza per non perdere la metropolitana, li sentì ridere. E più debole ma più potente il lontano boato della grande superstrada a pochi chilometri. Doveva alzarsi. Erano passati il pomeriggio e la sera. Era stanco, voleva dormire, ma una persona che dorme così tanto deve avere qualcosa che non va. Si sedette sul letto, si alzò con calma, gelava, andò a prendere un maglione nell'armadio. Fuori dalla porta sentì i rumori del papà che si preparava per la notte. Quando andava in bagno la sera si portava sempre tutto dietro in corridoio, si lavava i denti lì, come se non volesse perdersi nulla di ciò che poteva succedere. Poi entrava nel gabinetto accanto al bagno e solo quando si accorgeva che stava emettendo dei rumori forti chiudeva la porta, in modo deciso e un po' irritato, come se fosse stato un altro a lasciare aperto. Sputava un paio di volte nel lavandino, apriva il rubinetto e poi era pronto. I passi pesanti nell'ingresso, Benjamin lo vide passare in pigiama dallo spiraglio della porta. Il papà si fermò guardando per terra.

«Buonanotte!» disse ad alta voce.

«Buonanotte» rispose la mamma dal soggiorno.

Il papà rimase lì un momento, parve cercare qualcosa nel tono della mamma, qualcosa che indicasse che forse lei voleva stare ancora un pochino con lui, mangiare o bere qualcosa. La sua risposta però era breve e secca, lui capì probabilmente che non se ne sarebbe fatto nulla. Benjamin lo sentì entrare in camera. Da un paio d'anni dormivano separati, la mamma diceva che dipendeva da quanto russava il papà. Nel buio Benjamin seguiva gli avvenimenti attraverso i rumori noti, sempre ricorrenti, sentì che la mamma abbassava il volume del televisore, vide oscurarsi il soggiorno quando lei spense tutte le luci. La mamma faceva sempre così quando il papà andava a dormire, perché sapeva che c'era il rischio che lui non riuscisse a dormire e mezz'ora dopo si alzasse e aprisse la porta della camera guardando fuori desideroso, in cerca di compagnia, e in quell'istante lei spegneva fulminea il televisore in modo che il soggiorno diventasse nero. Il papà faceva solo qualche passo nel corridoio, non si spingeva oltre. Poi tornava a letto. La mamma restava un po' al buio. Poi riaccendeva il televisore.

Benjamin si svegliò. Rimase a letto, doveva essere tornato a dormire senza che riuscisse a ricordarselo. E doveva essersi addormentato. Si chinò per vedere la radiosveglia: 00.12. Sentì il motore dell'ascensore, si vide davanti il piccolo e solitario cubo di ferro che saliva, avvolto dalla tromba. La sera e la notte ascoltava spesso l'ascensore muoversi a fatica nel corpo del palazzo, conosceva tutti quei versi: il *clic* del meccanismo di chiusura che bloccava la porta, poi l'ascensore cominciava a salire, il ridicolo clangore del campanello quando qualcuno per sbaglio premeva l'allarme, il piccolo tonfo quando la cabina raggiungeva un piano e finalmente si fermava. Sapeva che Nils stava tornando e lo colpì il pensiero che era l'ultima volta che sentiva quei rumori familiari di lui nell'ascensore, i passi silenziosi fino alla porta, il tintinnio delle chiavi che cominciava già dall'interno, così tipico per la sua razionalità, voleva essere pronto, non voleva sprecare tempo fuori dalla porta a rovistare tra le chiavi. La porta si aprì e si richiuse. Benjamin vide il fratello nella luce gialla della fessura della porta. Era illuminato, bagliori dal mondo esterno, dal rimorchio del camion nella serata grigia di giugno, dalle fredde feste all'aperto con birra tiepida, da pomiciate tra i cespugli, da banchine della metropolitana riecheggianti e autobus rossi pieni che correvano nella periferia. Nils era lì nel suo bagliore, irraggiungibile, già lontano, una leggenda che una volta aveva abitato in quel palazzo. La mamma gli andò incontro e si spostarono in cucina. Benjamin sentiva solo i vaghi contorni della conversazione tra loro, sentì il frigorifero aprirsi e chiudersi, qualcuno aveva tirato fuori l'emmental? E le sedie che grattavano per terra quando si sedettero al tavolo, il sordo mormorio fra le pareti, difficile sentire le parole scambiate ma impossibile non cogliere il tono, le vocali morbide, i silenzi concessi. Benjamin si calmò, si intristì, sentì il battito, sapeva che doveva alzarsi dal letto prima di perdere l'occasione, doveva affrettarsi ad andare in cucina per implorare Nils: resta. Doveva dirgli che non c'erano alternative, doveva rimanere, altrimenti non sapeva davvero come sarebbe andata. Sapeva che la partenza di Nils implicava che qualcosa si sarebbe spezzato definitivamente. Come avrebbe fatto lui a riparare la famiglia se un membro se ne fosse andato? Sapeva anche che il viaggio di Nils avrebbe implicato un rischio per lui. Se Nils se ne fosse andato qualcuno sarebbe sparito dalla realtà, una mano dalla sua spalla che lo teneva a posto. Così era uno di meno che poteva rassicurare Benjamin sul fatto che quella famiglia c'era e lui esisteva dentro di essa. Qualcuno con cui poteva scambiare un'occhiata a tavola e che in silenzio poteva confermargli: tu esisti. E questo è successo.

Rimase a letto. Sentiva la schiena premuta contro il materasso. Pensò che c'era parecchio spazio fino a terra. Terzo piano. Dieci metri, forse dodici. Non si sopravvive a una caduta del genere, se l'edificio fosse crollato, se lui fosse finito giù dritto nel cemento. Guardò il soffitto cercando qualcosa a cui aggrapparsi, afferrò le lenzuola e i cuscini, altrimenti sarebbe stato sbalzato verso il tetto, una caduta libera a cento chilometri all'ora, dritto verso la superficie dell'acqua, verso le meduse luminose.

Doveva alzarsi, doveva correre fuori. Ma come avrebbe fatto, nel mezzo di una conversazione che non poteva essere interrotta per nessun motivo? Quello era il suo compito, riparare la famiglia in modo che tutti parlassero tra di loro proprio come stavano facendo la mamma e Nils, che si volessero bene e tutto andasse bene. Le parole gentili somigliavano a un mormorio attraverso le pareti, un brusio ottimistico, pieno d'amore, che lo inchiodava al letto. Sentì Nils dire qualcosa e la mamma ridere. E poi un nuovo rumore, una porta che si apriva: il papà si era svegliato? Fece uno dei suoi giri per casa per vedere se qualcuno aveva voglia di tenergli compagnia per un po'. La mamma non aveva ancora capito che si era alzato, perché Benjamin non sentiva ancora rabbia, né voci stridule nella notte; conversazioni dalla cucina ancora raccolte, tranquille, intime. Percepì dei rumori che non conosceva. Sentì qualcosa che rotolava sul parquet e vide la figura di Nils passare dallo spiraglio della porta, trascinava le valigie verso l'ingresso. Benjamin non capiva, doveva partire l'indomani. Non avrebbero fatto colazione insieme per salutarsi? Cosa stava succedendo?

Guardò l'ora.

07.20.

Doveva alzarsi!

Il papà passò fuori dalla camera, non più in pigiama, vestito di tutto punto.

«Hai tutto?» lo sentì domandare.

«Sì» rispose Nils.

Trambusto con le valigie, porte che si aprivano. Benjamin voleva gridare, ma non gli uscì una parola.

«Ciao, ragazzo» disse il papà. «Stammi bene. E chiama quando puoi.»

La porta si richiuse.

16
Ore 8

Il cielo si apre e una pioggia furiosa si riversa sulla macchina, e subito dopo la pioggia arriva il vento, Benjamin ne scorge i segni nel buio improvviso, nelle bandierine strattonate appese ai pali sulle facciate degli alberghi e in un passante sul marciapiede chino per ripararsi dal brutto tempo. È un vento che forse porta via la città, una tempesta che dovrebbe avere il nome di una persona.

E con la stessa velocità con cui arriva, il maltempo se ne va. I fratelli scendono dalla macchina, l'aria chiara dopo l'acquazzone. Attraversano il cimitero, la terra intorno alle lapidi si è sollevata, l'acqua sta ancora scorrendo nei canali di scolo. Il passaggio è stretto, i morti giacciono vicini da entrambe le parti del sentiero che stanno percorrendo. Benjamin e Nils uno accanto all'altro, Pierre poco indietro, legge ad alta voce tra sé i nomi dei deceduti. A volte comunica ai fratelli i dettagli, legge le poesie scolpite sulle lapidi. I defunti particolarmente giovani catturano la sua attenzione.

«Dodici anni!» esclama Pierre.

Cammina con lo sguardo basso sulle lapidi, si ferma, Benjamin lo sente dire: «Oh cazzo, questo ne aveva sette!».

Dietro un terrapieno si erge una costruzione di cemento grigio, il crematorio. Una volta, molto tempo fa, Benjamin ne aveva visitato uno simile, durante una gita scolastica, e alcune cose non le dimenticherà mai. Aveva visto le stanze refrigerate e le camere di congelamento in cui le bare attendevano di essere bruciate. Morti in fila in attesa di svanire. La gestione industriale, i furgoni che portavano le bare avanti e indietro. Il gergo dei dipendenti, le frecciatine e i richiami mentre trasportavano i corpi, come se lavorassero in un frutteto. In fila al caldo e illuminati dal bagliore giallo del forno, i bambini avevano visto una bara che veniva inserita nel forno. Attraverso un piccolo vetro avevano potuto seguire la collera delle fiamme mentre legno, stoffa e carne si erano fusi insieme ed erano stati estinti. L'addetto del crematorio aveva preso una forma di acciaio inossidabile che ricordava i paioli da cui servivano il pranzo a scuola. Aveva una vanga con il manico lungo che utilizzava per spalare i resti umani. C'era un cestino proprio accanto al forno, dove il custode metteva gli oggetti su cui il fuoco non aveva avuto la meglio. Otturazioni, chiodi della bara. I bambini avevano potuto guardare dentro il cestino, il custode glielo aveva mostrato, scuotendolo come un sacchetto di caramelle. Benjamin aveva visto viti delle anche, protesi, resti di misuratori di glicemia e pacemaker, cianfrusaglie di morte coperte di cenere. L'uomo aveva avvertito i bambini, chi voleva poteva non guardare, e alcuni avevano voltato lo sguardo verso il muro, ma Benjamin aveva fissato con attenzione mentre l'addetto riponeva ciò che rimaneva dello scheletro nel contenitore; alcune ossa erano così intatte che si vedevano i contorni. L'uomo aveva preso la vanga per spezzare i pezzi più grandi. Poi il contenitore era passato in una pressa e quando la polvere fine era stata versata nell'urna Benjamin era rimasto colpito dal fatto che non era cenere, come aveva sempre pensato. Erano ossa frantumate.

I fratelli entrano nel crematorio: la piccola anticamera somiglia a una reception, con un bancone incustodito. Pierre preme un campanello elettrico e in lontananza lo si sente suonare. Benjamin si guarda intorno, è come stare sia nella vita lavorativa che nella vita privata, sia in un ufficio che in un'area ristoro, con calendari aperti, matite mangiucchiate sul banco, la fotografia di una squadra di hockey appesa al muro. Dall'interno del crematorio compare un uomo, si nota subito che lì si lavora con la morte in un modo diverso che nelle agenzie funebri, con imprenditori snelli e vestiti di nero che servono il caffè alle vedove. L'uomo è accompagnato dal tintinnio di un mazzo di chiavi, con dei jeans a cui è rimasto solo un po' di blu ai lati.

«Siamo venuti a prendere l'urna di nostra madre» dice Nils tirando fuori una cartelletta dalla borsa del portatile; sparge i documenti sul bancone, ne porge uno all'uomo che comincia a digitare sul suo computer.

Silenzio.

«Eccola» dice. «Ce l'abbiamo qui, sì. Ma deve essere sepolta oggi, nel pomeriggio, giusto?»

«No, c'è stato un cambiamento» risponde Nils. «Ho chiamato prima per annullare la sepoltura.»

«Strano» ribatte l'uomo. «Non ho ricevuto comunicazioni.»

«A me è stato confermato.»

L'uomo digita sul computer, si china per interpretare le informazioni. Nella stanza accanto c'è una radio accesa, e ancora più lontano un martellamento echeggiante, come dei colpi di pistola in un hangar, seguito da voci veementi. Benjamin si vede davanti una preoccupazione singolare che si pone di fronte a loro, una bara che si rivela troppo grande per l'apertura del forno.

«Con chi ha parlato al telefono?» domanda l'uomo al computer. «Non con me.»

«Non mi ricordo. Ma non è stato molto tempo fa.»

«Allora non capisco.»

Nils sfoglia tra le carte, tira fuori dei nuovi documenti che mette uno accanto all'altro sul bancone.

«Questa è la comunicazione al Consiglio regionale, in cui scriviamo che intendiamo occuparci noi di seppellire la mamma e che veniamo a prendere l'urna. L'ho compilata io e inviata stamattina via e-mail.»

L'uomo dietro il bancone non tocca i fogli, si china in avanti e li legge.

«Questa non è la comunicazione» dice. «È la richiesta. Dev'essere approvata dal Consiglio regionale»

«Cosa?»

«Non si può semplicemente venire qui a prendere un'urna. Lei fa una richiesta in cui chiede di poter provvedere allo spargimento, dichiara dove vuole spargere le ceneri, allega una mappa o una carta nautica se è in mare. Poi il Consiglio regionale la esamina e dopo una settimana circa le fanno sapere qualcosa.»

«Purtroppo non abbiamo una settimana. Dobbiamo farlo oggi.»

«Non posso darvi nessun'urna se non so che è stato approvato dal Consiglio.»

«Non può controllare i documenti? Lo vede che non è niente di strano. Abbiamo solo un po' di fretta.»

«Abbiamo un modo di dire» dice l'uomo prendendo i documenti e impilandoli. «Ogni cosa a suo tempo e una cosa alla volta. Quando si ha a che fare con queste faccende non si può avere fretta.»

Nils ride, una risata breve. Ripone metodico i documenti nella cartelletta e la chiude.

«Le cose stanno così. Oggi la mamma doveva essere sepolta. E ieri sera io e i miei fratelli eravamo a casa sua, per vedere se c'erano oggetti di valore che volevamo tenere, prima che la ditta di traslochi venisse a buttare tutto. In cima al cassetto della scrivania abbiamo trovato una lettera, con scritto: "Se muoio".»

Nils riapre la cartelletta e prende una busta. La porge all'uomo.

«Non serve che la legga tutta, solo qui.»

Indica l'ultimo paragrafo.

«La mamma scrive chiaramente che non vuole essere sepolta qui. Cioè non vuole il funerale che ho organizzato lavorandoci a tempo pieno nelle ultime settimane. Nessuno più di me vorrebbe seppellirla qui oggi pomeriggio, ma stiamo solo cercando di rispettare il suo ultimo desiderio. Per questo dobbiamo annullare la sepoltura di oggi. E dobbiamo portare via l'urna.»

L'uomo muove le labbra in silenzio mentre legge.

«Uh» commenta. «Capisco che questo vi metta in difficoltà.»

«Sì» risponde Nils. «È stata una lunga notte.»

«Posso immaginarlo» dice l'uomo. Rende la lettera a Nils. «Però mi dispiace. Sarebbe illegale darvi l'urna.»

Appoggia le mani sul bancone. La camicia con le maniche arrotolate svela dei vecchi tatuaggi sbiaditi.

«È una questione di rispetto per i morti» dice.

Nella stanza cala il silenzio. Nils guarda la cartelletta davanti all'uomo. Pierre fa un paio di passi avanti, posizionandosi proprio di fronte a lui al bancone. Benjamin lo nota subito dalla postura di Pierre, dal collo che si infossa tra le spalle, dalla voce in fondo alla gola, quasi come se fosse chiusa.

«Almeno potremmo vedere l'urna un momento?» chiede.

«Sì. Non c'è problema.»

«Dove si trova?»

«Nel deposito. Aspettate.»

L'uomo fa una ricerca nel computer, mormora qualche numero tra sé per memorizzare e sparisce; Benjamin sente un tintinnio di chiavi in una stanza sul retro e dopo poco l'uomo torna. L'urna è verde, in rame. Liscia e arrotondata, sul coperchio una piccola maniglia a forma di torcia. L'uomo la appoggia sul bancone e poi tutto succede molto in fretta. Pierre afferra l'urna e la passa a Benjamin, schizza verso il bancone e lo salta, butta l'uomo a terra e si getta su di lui.

«Brutto bastardo» dice.

L'uomo si divincola e fa smorfie, tenta di liberarsi, ma la presa di Pierre è forte, gli preme il braccio sulla nuca.

«Ma cazzo, Pierre» dice Nils. Guarda il fratello, rapidissimo, prende una decisione, afferra la cartelletta, si volta verso la porta e si avvia. «Che manicomio» dice tra sé mentre esce. Benjamin rimane inchiodato dov'è. Vede Nils lasciare la stanza e non riesce a seguirlo, vede Pierre attaccare l'uomo del crematorio e non riesce a intervenire. È in grado soltanto di osservare la scena inspiegabile che si sta svolgendo. Guarda la collera di Pierre. Non sa cosa significhi, non conosce la portata di quella forza, non sa di cosa sia capace il fratello. Pierre ha messo un ginocchio sulla schiena dell'uomo e si china in avanti sussurrandogli all'orecchio.

«Nostra madre è morta.»

«Lasciami!» grida lui.

«Taci!» sibila Pierre. «Nostra madre è appena morta. E tu mi vieni a dire che non abbiamo il diritto di prendere le sue ceneri?»

Probabilmente Pierre lo tiene in una morsa che gli torce un'articolazione, perché l'uomo rimane fermo, con la faccia a terra. Dopo un po' si arrende, gli spasmi si interrompono, in breve è del tutto immobile. Benjamin riesce a sentire il suo respiro pesante.

«Adesso ti lascio andare» continua Pierre. «E tu resti a terra. Capito? Non ti muovi di un centimetro, altrimenti ti faccio male di nuovo.»

Pierre molla lentamente la presa. Si alza. L'uomo resta dov'è.

«Bastardo» dice Pierre. Salta il bancone. «Vieni Benjamin.»

Pierre prende l'urna dalle mani di Benjamin e i due fratelli escono, si affrettano sul vialetto superando le lapidi. Benjamin vede la macchina, piena di perle di pioggia sulla vernice, parcheggiata in modo goffo sul vialetto, le ruote di destra sull'asfalto, quelle di sinistra sulla terra consacrata. Pierre apre il bagagliaio e Benjamin ci mette dentro l'urna. Passa accanto a Nils che è seduto dietro, lo vede con lo sguardo perso nel cielo color cemento. Salgono e partono.

«Come facciamo con la tomba di papà?» chiede Benjamin.

«Adesso non abbiamo tempo, perché probabilmente ci stanno inseguendo» risponde Pierre. «Ma posso passarci mentre andiamo via.»

Benjamin prende in mano il mazzo di tulipani che ha messo sul cruscotto, le dita sugli steli ruvidi. I genitori adoravano i tulipani, perché erano un segno dell'arrivo della primavera. Ogni venerdì tra marzo e maggio, fin da quando Benjamin riusciva a ricordare, il papà comprava un mazzo di tulipani che metteva sul tavolo della cucina in attesa che la mamma tornasse dal lavoro. Lui è sepolto sotto la betulla più alta del cimitero. Era sempre stato deciso così, quello sarebbe stato il suo posto. I fratelli passano piano accanto all'albero, vedono la lapide, un blocco possente con i pochi cenni che riassumono la sua esistenza.

«Vedete la buca?» chiede Pierre.

Accanto alla tomba del papà si apre una fossa cilindrica nel terreno. Grande abbastanza per farci entrare un'urna. Il custode ha fatto il suo lavoro, tutto è pronto per il pomeriggio, quando la mamma dovrebbe essere calata là sotto. Dal bosco scende la nebbia, la betulla pesante bagna le foglie nel terreno intorno a quel luogo e Benjamin si ricorda un dettaglio di una vita fa, in camera dei genitori, scatoloni impilati uno sull'altro lungo le pareti: si sono appena trasferiti? La mamma e il papà tirano fuori gli oggetti e all'improvviso si buttano sul letto disfatto, tra risate e lotte, perché entrambi vogliono stare dallo stesso lato, a destra. Gridano e combattono per gioco, si rotolano e poi si baciano, Nils si imbarazza e scappa via, mentre Benjamin rimane, non vuole perdersi nulla. Quando Benjamin guarda la lapide del papà nota che la mamma avrebbe avuto il posto a destra, e sarebbero rimasti lì morti insieme, ma quella lettera ha cambiato tutto e tra poche ore il custode tornerà, con delle nuove comunicazioni, riempirà la buca, compirà il tradimento della mamma, rendendo eterna la solitudine del papà.

Escono dal cimitero e poco dopo sono per strada, un'auto carica con i tre fratelli e un contenitore di rame con le ossa frantumate della loro mamma. Attraversano i sobborghi, i comuni circostanti fitti di semafori, e imboccano l'autostrada. Benjamin alza gli occhi verso i grossi tralicci dell'elettricità lungo l'autostrada. I cavi neri si abbassano lentamente verso l'estate fuori dai finestrini, poi si curvano in su e raggiungono il punto più alto in cui si agganciano alla cima degli enormi blocchi d'acciaio che costeggiano la carreggiata a cento metri l'uno dall'altro, poi sprofondano di nuovo, inchinandosi verso i prati al di sotto.

17

I fuggitivi

La giornata iniziò con la promessa di una sciata. Era una domenica di marzo, due settimane dopo che Benjamin aveva compiuto vent'anni. Seduto in cucina guardava il papà che si preparava la colazione. Il papà indossava la vestaglia chiara con le implacabili macchie delle colazioni passate, i capelli sparati, gli occhiali appesi alla cordicella sul petto. Mormorò: «Merda» quando immerse un uovo nell'acqua bollente così forte che schizzò. Rimase un momento diviso tra i vari compiti quando il toast venne pronto proprio mentre la teiera iniziava a fischiare, ma riuscì a sistemare tutto e uscì sul balconcino della camera di Benjamin con il vassoio. Benjamin lo seguì. Aria fresca e sana e un sole che scaldava soltanto quando il vento leggero cessava. Era troppo freddo per stare fuori, ma al papà non importava, diceva sempre che non voleva perdersi la primavera.

«Siediti con la faccia al sole» disse il papà. «È bellissimo.»

«Voglio che ci stia tu.»

«Sicuro?»

Benjamin si ricorda che rimasero seduti lì mentre gli altri dormivano, a guardare i contorni della mattina farsi più nitidi. Il papà beveva il suo tè che puzzava di catrame e veleno e che fumava nel freddo. Diede un'occhiata al parcheggio innevato e al bosco alle sue spalle che circondava il lago.

Si ricorda che il papà chiuse gli occhi un momento e appoggiò la testa indietro contro la facciata, sgusciò le uova e ogni volta che ne apriva un altro riusciva a vedere la direzione del vento dal vapore che svaniva lungo il muro.

«Facciamo qualcosa oggi, solo tu e io?» propose il papà.

«Volentieri. Cosa?»

«Non saprei. Sci di fondo?»

Benjamin guardò interrogativo il papà.

«Abbiamo gli sci da fondo?»

«Sì, certo. Dovrebbero esserci ancora. Credo che siano da qualche parte in cantina.»

C'era stato un periodo in cui lui e il papà andavano a sciare. Binari bianchi attraverso i boschi neri, fino a spianate con viste su valli in cui il papà si faceva prendere al punto da doversi fermare un momento a guardare. Tiravano fuori da mangiare, pan carrè doppio con caviale che strabordava dai lati e si appiccicava alla pellicola e arance che sbucciavano con le dita congelate. Poi ripartivano, sole basso e cristalli di neve, prendevano le discese in velocità, si addentravano nel bosco silenzioso, vuoto e morto, ma con tracce di artigli e zoccoli sui binari degli sci, come se il bosco vivesse in segreto quando nessuno vedeva, e arrivavano a casa con le guance rosse e si buttavano sul divano e il papà strofinava i piedi di Benjamin tra i palmi come polpette per fargli riprendere calore.

«Sarebbe fantastico andare a sciare di nuovo» disse Benjamin.

«Esatto» rispose il papà.

«Solo io e te.»

«Sì, solo io e te.»

Benjamin trovò gli sci del papà in cantina, ma i suoi erano spariti. E comunque sarebbero stati troppo piccoli per lui, no? Decisero di andare a comprare sci e scarponi nuovi per Benjamin. Attraversarono il parcheggio, percorsero i vialetti innevati che portavano al centro commerciale e proprio accanto alla fontana asciutta, dove i barboni passavano l'estate a discutere tra loro, all'improvviso il papà si prese la testa. Incespicò in avanti, barcollò in cerchio tornando al punto da cui era partito. Benjamin lo afferrò.

«Che c'è?» chiese.

«Niente» rispose lui. «Mi è solo venuto mal di testa.»

Rimase un po' con le sopracciglia aggrottate a guardare la neve, poi si chinò a terra per raccogliere il berretto che gli era caduto. A quel punto crollò. Benjamin si gettò su di lui, lo voltò cercando di tenere sotto controllo i rapidi movimenti della testa.

«Non so cosa succede» sussurrò. «È come se mi stesse esplodendo qualcosa nella testa.»

Andò così, la mattina in cui a papà venne un ictus.

Arrivarono i soccorsi e Benjamin si sentì tranquillizzato dal loro disinteresse; non si lavora così lentamente con una persona che forse sta morendo. Scesero dai loro mezzi, controllarono il papà e aprirono con indolenza il portellone per tirare fuori la barella di metallo luccicante. Lo fecero sdraiare, lo legarono sull'addome con una cinghia. Il papà osservava con gli occhi spalancati tutto ciò che accadeva intorno a lui, uno dei soccorritori gli mise una mano sul braccio con delicatezza, alla fine catturò la sua attenzione e il papà lo fissò dritto negli occhi.

«Ha avuto un ictus» gli disse.

«Cosa sta dicendo?» chiese il papà. Come se fosse una spassosa curiosità.

Non fecero salire nessuno sull'ambulanza. Benjamin rimase lì accanto a guardare mentre lo caricavano. I loro occhi si incrociarono. Il papà prese la mano di Benjamin e la sventolò come una banderuola. «E noi che volevamo andare a sciare» disse.

Il portellone si chiuse e l'ambulanza fece manovra lentamente tra i curiosi in piazza.

Pierre, Benjamin e la mamma si radunarono intorno al letto del papà nel reparto di terapia intensiva e all'arrivo del medico venne chiarita la situazione: era andato tutto bene. Il papà aveva avuto una leggera emorragia cerebrale e una TAC aveva rilevato che nessuna funzionalità era stata compromessa. I livelli di ossigeno erano ancora bassi e questo preoccupava un po' i medici; il papà sarebbe rimasto ricoverato in osservazione per qualche giorno, ma se tutto andava bene sarebbe tornato a casa in fretta.

Nils, che viveva fuori città, arrivò in ospedale un'ora dopo. Si presentò insieme a una donna con la parrucca. Benjamin sapeva chi era, l'aveva già incontrata una volta, circa sei mesi prima, quando Nils l'aveva portata a casa dei genitori per una cena domenicale. «Vi starete chiedendo perché indosso la parrucca» aveva detto a pochi minuti dall'inizio della cena. In effetti sì. Era bionda, quasi bianca, con una frangia così marcata che non c'erano dubbi sul fatto che non fossero i suoi capelli veri. La donna spiegò qual era il motivo. Soffriva di alopecia. In un mondo in cui la maggior parte della gente si vergognava di perdere i capelli, lei aveva deciso di fare l'opposto. Non si vergognava di un accidente, aveva detto. Aveva reso la parrucca, la malattia, tutto quanto, una parte della sua identità. Parlava in fretta e non si lasciava interrompere, Benjamin temeva che la mamma avrebbe perso presto la pazienza con lei. Mentre spiegava accarezzava l'avambraccio di Nils sul tavolo, lo grattava teneramente con le unghie lunghe. Nils era andato a riempire la caraffa dell'acqua; Benjamin lo aveva visto avviarsi in cucina, tutto preso a mostrare una sicurezza di sé che lui non riconosceva. Verso la fine del pasto la donna si era levata la parrucca in un istante e l'aveva appoggiata sul tavolo accanto a sé. Non aveva detto nulla, e nemmeno nessun altro, ma il silenzio spiacevole che si era posato come un coperchio sulla situazione, il tintinnio delle posate sui piatti e gli sguardi diretti di nascosto verso la testa rasata a zero, le candele accese sul tavolo che le si riflettevano sulla cute. Eccola lì la donna con la parrucca senza parrucca, nella stanza più interna della famiglia, dietro ogni barriera di sicurezza, come una pulsante mancanza di limiti. Forse voleva scombinare le carte, oppure impressionare, e forse per un momento ci era riuscita, ma una volta andata via era stato come mescolare uno sciroppo, in un istante tutto era tornato come sempre.

La donna con la parrucca entrò in ospedale tenendo Nils per mano, abbracciò tutti i membri della famiglia. Era la prima volta che Benjamin vedeva Nils da diversi mesi, ma forse grazie a lei l'incontro risultò più semplice di quanto si era immaginato. Il papà era disorientato. Guardava il tavolino con le rotelle accanto al letto, lo sguardo di chi cerca qualcosa, come dopo le cene estive nella casa di campagna, quando scrutava i piatti degli altri a caccia di cibo. Fissò i figli.

«Che brutto salire sull'ambulanza» disse.

«Capisco» rispose Benjamin.

Pierre gli allungò il bicchiere di succo e il papà risucchiò riflessivo con la cannuccia mentre osservava il soffitto.

«I soccorritori però sono stati carini.»

«Di cosa avete parlato?» chiese Pierre.

«Mi hanno fatto un sacco di domande e mi hanno fatto fare parecchie cose ridicole per vedere come stavo.»

«Per esempio?»

«Mi hanno detto di sorridere. E ci sono riuscito. Poi mi hanno chiesto di allungare la mano e tenerla lì per cinque secondi. Poi mi hanno chiesto di ripetere una frase semplice, per controllare se biascicavo.»

«Che frase?» domandò Benjamin.

Il papà rispose, ma Benjamin non capì cosa diceva.

Dopo un po' il papà si stancò e volle riposare, e quando si fu addormentato gli altri andarono via dall'ospedale; la mamma disse che sarebbe tornata il giorno dopo. Benjamin invece rimase a vegliare sul padre che dormiva. Il giorno finì e il buio calò presto, la stanza si oscurò, dalla parte inferiore della porta che dava sul corridoio trapelava una calda striscia gialla, con ombre nere che la attraversavano quando qualcuno passava lì fuori. Il papà si svegliò tardi, si tirò su e chiese del succo di fragola. Quella serata finì, rimasero lì insieme e fuori dalla finestra cadeva una pioggia silenziosa. Forse quell'ultima conversazione avrebbe potuto essere sfruttata meglio. Ovviamente c'erano cose che a posteriori Benjamin avrebbe voluto dire, o domande che avrebbe voluto fare. Ricordi per sistemare i quali aveva bisogno di aiuto, cose che aveva sentito dire o fare dal papà molto tempo prima che ancora non capiva. Però non parlarono di episodi successi, non l'avevano mai fatto e non lo fecero nemmeno in quel momento, perché nessuno dei due sapeva come sarebbe andata, e forse non era necessario, forse quel silenzio era la cosa più bella che potessero avere insieme, perché era solo di Benjamin e del papà, la mamma non c'era e loro erano liberi e puri, senza il suo campo di forze, come due compagni di cella che erano riusciti a evadere e si riprendevano dopo la fuga, assaporando il silenzio insieme. Non parlarono, non sul serio, ma forse quel giorno furono lo stesso felici, mentre si guardavano intorno svegli e a volte i loro occhi si incontravano e si sorridevano.

«Che cosa stupida» disse il papà.

«Cosa?»

Sollevò le mani con un gesto verso la stanza.

«Questa.»

«Sì, è proprio stupida» rispose Benjamin.

«Anche per noi due» riprese il papà. Guardò Benjamin con gli occhi umidi. «E noi che volevamo andare a caccia.»

Il papà disse che era stanco e si girò di lato e dopo un'ora di sonno ebbe il secondo ictus, si notò soltanto da un'inspirazione forte, una ruga tra le sopracciglia e le apparecchiature cominciarono a suonare e la stanza si riempì di vita. Benjamin rimase schiacciato contro il muro in quell'attività febbrile, poi un medico lo portò in corridoio e gli disse che quella volta il papà non ce l'avrebbe fatta. Benjamin chiamò gli altri, che tornarono al capezzale del padre, uno dopo l'altro. Pierre arrivò per ultimo, entrò di corsa e si accorse stupito che nessuno stava lottando per la vita del padre.

«Non ci sono dottori qui?» domandò.

«No» rispose la mamma. «Non possono fare niente.»

Durante il trambusto qualcuno aveva inclinato il letto, il papà si trovava come in salita, con la testa proprio sul bordo.

«Perché sta messo così?»

«Perché...» La mamma non disse altro, fece un gesto con la mano, come se quello spiegasse tutto.

Nils e la donna con la parrucca rimasero nell'ombra, nella parte posteriore della stanza, appoggiati al muro. La parrucca come una flebile fonte di luce. La donna indossava una camicetta leggera infilata in una gonna, attraverso la stoffa si vedevano i capezzoli. Accanto a un macchinario c'era anche un'infermiera che misurava il battito del papà.

Benjamin si era seduto sul bordo del letto e gli aveva messo una mano sulla testa. Il papà era cambiato, all'improvviso sembrava più magro, le guance infossate, un che di inquieto sulle sopracciglia, come se sognasse qualcosa di sgradevole. Benjamin lo scosse cautamente dalla spalla e sussurrò: «Papà. Sono qui».

Appoggiò la testa sul suo petto per sentir battere il cuore, chiuse gli occhi e vide la casa di campagna, il sentiero che scendeva al lago. Ecco il papà che sbrogliava le reti accanto alla rimessa per le barche, quattro persici l'hanno ingarbugliata. Benjamin lo aiuta a tenere fermo un punto, gli porge il secchio quando un persico salta fuori, e il sole splende tra le betulle, fa disegni maculati sulla maglietta bianca del papà, e lui lì concentrato alza lo sguardo all'improvviso e vede Benjamin, come se avesse scordato che c'era. Si sorridono. «Che bello che mi aiuti» dice il papà. Sono soltanto loro due. E il vento fruscia tra le betulle.

Un pomeriggio caldo sul lago. Il papà e Benjamin hanno steso degli asciugamani uno accanto all'altro sulla spiaggia. Hanno appena fatto il bagno e si sdraiano supini al sole. Il papà chiede se può mettergli una mano sulla spalla. Benjamin domanda perché e lui risponde: «Mi sento al sicuro a sapere che sei rimasto». La mano del papà si appoggia poi su di lui, lo preme delicatamente contro la terra, lui chiude gli occhi, non prova ansia.

Cammina subito dietro di lui lungo la riva, verso la sauna. Il papà chiama Pierre e Nils. Volete fare la sauna con noi? Nessuno è interessato e nel petto di Benjamin prende fuoco una scintilla; per un momento sono soltanto loro due. Entrano nella sauna. «Mettiti tu alla finestra» dice il papà. «Voglio che abbia tu la vista sul lago.» Dice che bisogna ascoltare con attenzione quando si versa l'acqua sulle pietre, perché si può sentirle sussurrare, poi solleva un dito in aria e l'acqua si vaporizza con un crepitio e un sibilo e il papà bisbiglia ai sassi: «Prendetevi cura uno dell'altro. Promettimi che esci se fa troppo caldo». Uniscono le mani, le allungano verso la finestra con il lago alle spalle. «Io sono te» dice il papà.

Benjamin era appoggiato sul suo petto nel tentativo di sentire il cuore battere, e ogni nuovo pensiero cominciava nella casa di campagna, e per la prima volta in tanti anni provò il desiderio di tornarci, voleva scendere fino al lago, svuotare la barca, spingerla in acqua, vedere la chioma del papà nel vento. Guardò il cardiofrequenzimetro. Aveva 35 battiti. Benjamin non capiva. Si può vivere ancora con 35 battiti? Calarono a 34, poi a 33. L'infermiera girò il macchinario in modo che nessuno della famiglia vedesse. E pochi secondi più tardi disse con un cenno: «Adesso».

La mamma confermò subito.

«Papà è morto.»

Benjamin alzò gli occhi, vide Pierre in mezzo alla stanza, come se avesse deciso di andare dal papà ma ci avesse ripensato, le mani nelle tasche dei jeans, nella fioca illuminazione sembrava sorridere mentre piangeva. Nils si avvicinò lentamente. La fidanzata andò a sedersi dall'altro lato del letto, si tolse la parrucca, la appoggiò accanto a sé, si chinò e baciò il papà sulla fronte. Un lampo nitido sbatté contro le pareti. Nils aveva una piccola macchina fotografica, era ai piedi del letto a scattare foto, la stanza veniva illuminata da quel bagliore accecante.

E Benjamin guardò il padre e in quel momento, sul letto di morte, gli tornò in mente ciò che era successo quella mattina quando gli aveva promesso di andare a sciare, e a quel ricordo si rese conto all'improvviso del motivo per cui nonostante tutto gli voleva un bene così inesorabilmente profondo. La possibilità di stare da solo con lui. Gli istanti che gli avevano dato ossigeno in quegli anni, che lo avevano sempre tenuto dal lato giusto della vita. Gli attimi in cui una finestra si apriva, un'occasione che apparteneva soltanto a Benjamin e in cui il papà era presente, facevano programmi insieme, sussurravano eccitati tutto ciò che avrebbero fatto, la fuga si avvicinava.

Capiterà presto.

Presto finalmente saremo soltanto noi, io e il mio papà.

18

Ore 6

Esce dal centro percorrendo strade vuote, viaggia sopra la città, a venti metri di altezza lungo alte superstrade di cemento, una macchina solitaria sulle cinque corsie. È un'auto a noleggio che non ha ancora imparato bene a guidare, confonde le frecce con i tergicristalli, non ha ancora confidenza con il cambio e il punto di stacco della frizione, quando accelera con i giri al massimo a un semaforo in centro il rumore ricorda quando a volte il papà mancava la terza e per sbaglio metteva la prima e la macchina sobbalzava e cominciava a ululare disperata e la mamma gridava che non ne poteva più. La campagna arriva in fretta, con prati e pascoli e recinti elettrificati che luccicano delicati al sole appena sorto, laghi con canne alte all'alba, di colpo un prato giallo vivo pieno di colza, che va e viene, zaffate di sterco di vacca dalle fattorie, e le case rosse con gli angoli bianchi circondate da campi seminati su cui i trattori hanno disegnato con cura incisioni e riquadri. Viaggia per un'oretta, seguendo le indicazioni della donna del GPS. La sua voce apatica, che forse dà spazio anche a qualcosa di più, una cauta opposizione: sei davvero sicuro di farlo? Attraversa piccoli paesi, cartelli di mercatini delle pulci poco convincenti, tronchi nodosi da entrambi i lati della strada, come un viale eterno che porta a una casa di campagna, strade asfaltate che conducono a strade meno asfaltate, va forte e dietro un'altura compare un cervo rosso in mezzo alla carreggiata. Come se lo aspettasse lì. Lui frena facendo stridere gli pneumatici, la macchina si ferma a pochi metri dall'animale. Il cervo non è spaventato, non scappa nel bosco con gli zoccoli che grattano sull'asfalto. Rimane immobile a fissare il posto del guidatore. Il motore si spegne per la brusca frenata e Benjamin lo riaccende, il cervo non reagisce al rumore, non accenna a spostarsi nemmeno quando Benjamin sgasa. È una bestia gigante, di due metri, forse di più. Benjamin non aveva idea che esistessero cervi rossi così grandi. L'animale rimane fermo con le zampe larghe, carico di una calma totale, come a ostacolare coscientemente la strada, a sorvegliare su qualcosa lì dietro. Il pelo rossastro. Le grandi corna come alberi d'inverno sulla testa. Gli occhi diventano bellissimi nel sole basso, con le nuvole scure grigioazzurre che si mostrano sopra le cime degli alberi. Incrociare lo sguardo di un grosso animale è una cosa particolare.

Benjamin si ricorda di una sera d'inverno in cui era in macchina con il papà e i fratelli, l'asfalto bianco per il turbinio della neve, la strada costeggiata dal bosco, betulle gonfie accanto ad abeti appesantiti dalla neve. All'improvviso comparve sulla strada un cucciolo di alce, congelato nell'inverno come un fermo immagine. Il papà andava troppo forte, non fece in tempo a frenare. L'alce fu colpito dal paraurti e volò via sul lato della macchina scomparendo dietro di loro. Il papà si fermò e scese nella neve per vedere cosa ne fosse stato dell'animale. I bambini lo videro sparire nell'oscurità mentre aspettavano in auto. Le doppie frecce facevano apparire il bosco giallo. Tornò poco dopo, la bestia non c'era più. Scesero tutti a cercarlo lungo il ciglio e alla fine lo trovarono. Aveva zoppicato per qualche metro nel bosco, eccolo lì il cucciolo d'alce, Benjamin si ricorda i suoi occhi. Erano umidi e luccicanti, come bagnati dalle lacrime, in una tenera certezza che ormai era spacciato. Non fece alcun tentativo di alzarsi, rimase lì a guardare i quattro in piedi, e il quartetto lo fissava. Il papà rovistò nel bagagliaio e tornò con il cric. Cosa doveva farci? Disse ai bambini di voltarsi, non dovevano vedere. «Guardate in alto» disse. «Guardate le stelle.» E loro lo fecero, fumo dalle bocche dei fratelli, la notte era chiara e mancava parecchio alla città successiva, nessun bagliore la offuscava e le stelle gli facevano segnali, come se l'universo tentasse da direzioni diverse di catturare la sua attenzione. E fu come se tutto lassù si avvicinasse, lo spazio premeva contro la sua guancia, e la Via Lattea faceva rumore quando l'universo si espandeva, si sentiva fin laggiù, una specie di scricchiolio continuo, come quando si tende un arco e il legno si fa vivo. E lui, che spesso si era sentito al margine delle cose, in quel momento percepì che tutto parlava di lui e dei fratelli, di quell'istante in cui il papà spariva nel bosco con il cric e loro se ne stavano con le facce rivolte verso lo spazio scricchiolante.

Il papà tornò sulla strada gridando: «Venite, bambini!». Si avviò di corsa verso la macchina, buttò l'attrezzo nel bagagliaio. Benjamin guardò il punto in cui l'alce era andato a morire ma gli occhi che brillavano non c'erano più. In auto i fratelli rimasero in silenzio e il papà picchiò due volte le mani insanguinate sul volante piangendo, ululando come un bambino, fino a casa.

Benjamin scende dalla macchina e si avvicina lentamente al cervo rosso, che guarda il bosco e poi di nuovo lui. Riesce ad arrivargli a un palmo. Gli appoggia delicatamente una mano sul muso. L'animale resta fermo, guarda Benjamin negli occhi, respira tranquillo, l'aria calda passa tra le sue dita. L'aria fredda dell'alba estiva viene scaldata dai polmoni della bestia. Si ricorda di quando è quasi annegato nell'acqua gelida e ha perso coscienza ed è stato svegliato dall'acqua calda che gli scorreva sulle mani. Era bello, ne voleva ancora, voleva che l'acqua continuasse a scaldarlo. Solo più tardi ha capito che stava vomitando l'acqua che gli era finita nei polmoni e perciò era calda, i polmoni l'avevano scaldata prima di ributtarla fuori.

Il cervo sbuffa tra le mani di Benjamin e poi se ne va, all'inizio qualche passo incerto sull'asfalto, ma quando raggiunge il ciglio comincia a saltellare sicuro tra gli alberi. Dopo un po' si ferma e si volta. Guarda Benjamin, poi riprende a correre. Lui segue l'animale con lo sguardo finché non scompare. Sale in macchina e riparte. La donna del GPS, che ha seguito la scena con il fiato sospeso e in silenzio, riprende i suoi suggerimenti a bassa voce, e dopo un po' si fa più forzata, a destra e poi a sinistra e poi di nuovo a destra e Benjamin arriva a casa del fratello maggiore. Guarda la villa, circondata da uno steccato bianco. Suona il clacson due volte, forse vede un movimento alla finestra accanto alla porta. Nils vive lì da anni, ma è la prima volta che Benjamin ci viene. È più piccola di quanto pensasse, una casa a un piano in mattoni con un giardinetto fuori. Un melo solitario. Nils esce dopo un momento, con una borsa sulla spalla e un sacchetto che Benjamin riconosce dal giorno prima, sono i panzerotti surgelati che hanno trovato nel freezer della mamma. Nils ha anche una ciotola in mano. Dai gradini della verandina fischia e non ci vuole molto prima che la gatta arrivi di soppiatto lungo il muro. Nils si inginocchia e appoggia per terra la ciotola. La gatta ci fa un giro intorno, la annusa una volta e poi se ne va. È diventata grassissima. Benjamin si ricorda quando i fratelli la presero, in un gattile fuori città. Se ne innamorarono subito. Cercarono di determinarne il colore e la direttrice del gattile, una signora con la pelle rossa e screpolata che sembrava infiammata, disse che quel colore si definiva "come un caffè con troppo latte", e Benjamin rise, perché era davvero calzante. Nils si avvia verso la macchina, infila la borsa nel bagagliaio e il sacchetto strapieno di cibo sul sedile posteriore, poi sale davanti accanto a Benjamin.

«Almeno abbiamo abbastanza cibo» commenta Benjamin.

Nils dà un'occhiata rapida al fratello, come per individuarne lo stato d'animo, Benjamin sorride e lui ride passandosi la mano tra i capelli.

«Con i panzerotti è così, uno tira l'altro» dice.

Benjamin guarda la casa, vede che la gatta si avvicina alla ciotola.

«Tutto bene?» chiede Nils.

«Sì» risponde Benjamin. «Ho visto un cervo rosso.»

«Un cervo rosso?»

«Sì. Era in mezzo alla strada e ho dovuto inchiodare, la macchina si è fermata a un metro da lui.»

«Uh.»

«Sì, poteva finire malissimo.»

Il silenzio tra i fratelli, un debole ronzio dal condizionatore. Benjamin tiene entrambe le mani sul volante. Una parete di nubi scure si avvicina nel cielo azzurro. Benjamin entra nel vialetto di casa di Nils per fare inversione e riprende la stessa strada da cui è arrivato.

«Appena possibile, invertire la marcia» dice la donna del GPS.

Ma è troppo tardi. Ormai non si può tornare indietro, non si può fermare ciò che è stato messo in movimento.

«Facciamolo» dice.

«Facciamolo» ribatte Nils.

E partono nel mattino presto, superando le case dormienti, e quando arrivano sulle strade aperte che tagliano i campi Benjamin si accorge che stanno andando in direzione del maltempo. La tempesta è bassa, come se la pioggia stesse portando giù le nuvole. Il sole splende ancora, ma si vede chiaramente: in città c'è il caos. Benjamin guarda l'orologio. Ha passato una vita senza impegni e di colpo succede tutto insieme, quel giorno devono starci dentro un sacco di cose in pochissimo tempo. Appena dietro un'altura Benjamin vede le tracce di una frenata sull'asfalto, rallenta, si orienta ed esclama: «Eccolo!». Nils, che ha gli occhi sul cellulare, alza lo sguardo. Benjamin fa retromarcia in modo da trovarsi davanti ai segni.

«È qui che ho frenato! Per il cervo.»

«Oh, caspita» risponde Nils. Si china in avanti per vedere. «Una bella inchiodata.»

Benjamin vede le linee nere simmetriche sulla strada. Guarda nel bosco. Porta la mano al naso, si annusa i polpastrelli, l'animale gli ha lasciato un vago odore. Poi ripartono.

«È successo» mormora Benjamin.

«Cos'hai detto?» chiede Nils.

«No, niente.»

Eppure era importante. Perché nel momento stesso in cui il cervo è scappato nel bosco Benjamin ha iniziato a dubitare dell'accaduto, forse l'aveva solo immaginato. Non lo sapeva, non poteva esserne certo, e quando si è sentito raccontarlo a Nils non ci credeva davvero nemmeno lui, non gli sembrava realistico. E quando sono partiti da casa di Nils era convinto di essersi inventato tutto. Invece i segni della frenata c'erano, era come se la realtà volesse dargli un segnale con quelle tracce sull'asfalto: è successo. In macchina con il fratello accanto, con il sole alle spalle e il maltempo lontano davanti a loro, in un silenzio con cui non deve lottare, si sente libero dall'ansia per la prima volta da parecchio. «Sono contento che lo stiamo facendo» dice.

«Anch'io» risponde Nils.

Accende la radio mentre passa una canzone che riconosce e tamburella tranquillo il ritmo con il pollice sul volante. Si avvicinano alla città, passano in alto sui collegamenti di cemento, ancora soli, come se le strade da cinque corsie fossero state costruite soltanto per loro, per fare in modo che potessero sentirsi sicuri in quel viaggio importante, mentre in città i proprietari dei bar tirano su le saracinesche e sganciano i cavi che tengono i tavolini da esterno, e i fratelli parcheggiano fuori da casa di Pierre e aspettano un po'; alla fine

Nils lo deve chiamare e lui arriva subito, con una piccola borsa e la custodia di un completo che infila nel bagagliaio.

«Tempo di merda in arrivo» dice salendo in macchina.

«Azzeccatissimo» commenta Nils. «Proprio così.»

«Grazie» dice Pierre.

Benjamin ride.

Parte, supera con attenzione le auto in doppia fila. Pierre traffica con il telefono, chiede a Benjamin di collegarlo all'impianto audio della macchina e mette un pezzo che Benjamin riconosce al volo.

«Ho pensato che poteva essere la colonna sonora del nostro viaggio» dice Pierre ridacchiando. È Lou Reed, e Benjamin sorride mentre pensa a tutto ciò che faranno, all'enorme peso che hanno davanti, e a come i fratelli sono legati uno all'altro grazie alla musica nell'auto, protetti dall'ironia, mentre cantano insieme con cautela. E quando si avvicina il ritornello riempiono i polmoni d'aria, Pierre grida «alza» e abbassa il finestrino e tutti e tre cantano la giornata perfetta con il sorriso sulle labbra. Pierre allunga entrambe le mani in aria e fa il segno della vittoria, Nils più introverso, ovvio, ma Benjamin lo vede, nota che canta a squarciagola.

Guarda i fratelli, crede di volergli bene.

Attraversano la città verso sud, verso il cimitero, tre fratelli che vanno a prendere i resti della madre, e la canzone rimbomba dalle pessime casse nel mattino deserto; a un semaforo scatta il rosso all'improvviso e Benjamin frena bruscamente.

«Ehi!» esclama Pierre. «Piano.»

«Non vogliamo altri problemi» dice Nils.

Pierre alza gli occhi dal telefono.

«Cosa?» dice Pierre. «In che senso altri problemi?»

«Benjamin stava per investire un cervo rosso prima.»

«Oh, cazzo.»

«C'è mancato poco» dice Benjamin.

Pensa al cervo, al loro particolare momento sulla provinciale. A come la bestia si è voltata a metà nel bosco, come se lo aspettasse sperando che lui la seguisse.

«Vi ricordate il cucciolo di alce quando eravamo piccoli?» chiede.

«Quale?» dice Nils.

«Quando papà ha investito un alce. E lo abbiamo cercato e trovato nel bosco. E il papà lo ha ammazzato con il cric.»

La canzone è finita, nell'auto cala il silenzio. Pierre guarda dal finestrino.

«Papà ha investito un alce?» domanda Nils.

«Cosa stai dicendo, non ti ricordi? Ci ha fatti rimanere sulla strada a guardare il cielo stellato. E poi ha pianto, fino a casa.»

Nils guarda il cellulare, passa da una app all'altra, sfoglia i menu. Benjamin guarda stupito prima Nils, poi nello specchietto Pierre, che si schiarisce appena la voce e distoglie lo sguardo.

«Non vi ricordate?» chiede Benjamin.

Non rispondono.

Alle loro spalle una macchina suona il clacson. È diventato verde. Benjamin ingrana la prima e parte, il mondo si rabbuia, lui socchiude gli occhi per vedere la carreggiata. Il cielo si apre e una pioggia furiosa si riversa sulla macchina, e subito dopo la pioggia arriva il vento, Benjamin ne scorge i segni nel buio improvviso, nelle bandierine strattonate appese ai pali sulle facciate degli alberghi e in un passante sul marciapiede chino per ripararsi dal brutto tempo. È un vento che forse porta via la città, una tempesta che dovrebbe avere il nome di una persona.

19

Il regalo di compleanno

La mamma abitava nella via più trafficata del centro. Quattro corsie, un tratto asfaltato che tagliava tra i palazzi, i camion si fermavano al semaforo sotto le finestre a sgasare. Gli autobus diesel in coda alla fermata, la spazzatura fuori dall'ingresso della metropolitana presa a calci verso i cestini. Migliaia di gomme da masticare sul marciapiede. La scala mobile sempre fuori uso, con il cartello rosso con la scritta FUORI SERVIZIO attaccato con lo scotch sulla gomma nera. I tassisti non autorizzati stavano addosso alla gente, balbettando destinazioni in uno svedese stentato. I tavolini esterni dei ristoranti con i tendoni costantemente smossi dall'aria provocata dal traffico. Mentre aspettava l'omino verde, Benjamin levò gli occhi verso le due finestre della mamma al primo piano. Riusciva a vedere i palloncini neri appesi al soffitto, con i fili sospesi in aria. Forse una sua ombra in cucina, la figura china sul piano di lavoro poteva essere lei. Gli suonava ancora curioso. Sembrava un'estranea, una persona che fingeva di vivere lì, facendo credere di avere da fare in cucina. Il papà odiava il centro della città, ci andava soltanto per comprare qualcosa al mercato e tornava sempre nervoso e di cattivo umore. Il trasferimento della mamma suonava come una protesta nei suoi confronti, o almeno un modo per fare pari con la vita che aveva vissuto con lui. Una sola settimana dopo il funerale aveva messo in vendita l'appartamento comunicando ai due figli minori che forse per loro era una buona occasione per trovarsi una sistemazione autonoma. Voleva trasferirsi il prima possibile, come se intendesse dire che era sempre stata prigioniera delle scelte del papà e ora che era libera poteva finalmente vivere la vita che desiderava. I vecchi mobili di famiglia erano stati buttati o messi in deposito, non ci stavano nel suo bilocale. Via la collezione di libri del papà, quella calda parete di testi nella sua camera in cui da vivo si perdeva spesso. La prima volta che Benjamin aveva visto l'appartamento della mamma era andato in giro in silenzio, non riusciva a guardare ciò che c'era dentro, pensava soltanto a tutto ciò che mancava da quello vecchio.

Benjamin suonò il citofono nonostante sapesse quanto infastidiva la mamma, visto che lui conosceva il codice del portone. Dopo un momento si sentì uno sfrigolio e la serratura si aprì. Si avviò verso l'ascensore passando sotto la fredda illuminazione. La mamma viveva lì da tre anni, a volte invitava Benjamin a mangiare, cene nervosamente cortesi, conversazioni ridotte tra un boccone e l'altro e silenzi nel tintinnio delle posate, e al momento del caffè la mamma diventava introversa, prendeva il giornale e una matita. Fumava sigarette e prendeva appunti ai margini degli annunci di viaggio, mormorando ad alta voce le località. «Lanzarote, no. Tenerife, no. Sharm el-Sheikh... Marocco, lì non ci sono stata. Mi sa che sarebbe bello.» Poi decideva, partiva qualche giorno dopo, comprava un biglietto aereo, sempre da sola, e tornava una settimana più tardi, e se Benjamin per caso le chiedeva cosa faceva durante quei viaggi lei rispondeva: «Che ne so». Prendeva il sole, diceva, e se era fortunata incontrava una persona simpatica con cui chiacchierare, ma a volte stava semplicemente per i fatti suoi. Una volta era tornata raccontando che non aveva parlato con nessuno per tutto il soggiorno. Secondo Benjamin una cosa del genere sarebbe stata imbarazzante da dire, un segnale di fallimento o di solitudine, ma lei non aveva quel genere di stile. Quasi allegra, eccitata dalla consapevolezza: non aveva aperto bocca per sette giorni! Ed eccola di nuovo lì con il giornale, abbronzata, a cercare nuovi viaggi. Benjamin pensava sempre che fosse strano il fatto di non chiedergli mai se voleva andare con lei; invece a lei sembrava naturale, era sottinteso che andasse da sola. I loro brevi incontri, pieni di silenzi. Tutte le volte che andava dalla mamma rincasava in fretta per correre in bagno, si sentiva sempre male dopo ogni visita. Restava a lungo sul water, in silenzio, ad aspettare i piccoli crampi allo stomaco.

Era come se entrambi fossero perennemente in guardia nei confronti dell'altro, tranne quando bevevano. Forse solo in quelle occasioni, le sere in cui andavano in uno dei locali in strada a bere una birra, riuscivano a rilassarsi nonostante la presenza dell'altro. Mangiavano qualcosa e si ubriacavano, alla chiusura del ristorante attraversavano incerti la strada per sedersi al pub. Continuavano a bere, più concentrati. Stavano tra i ragazzi, studenti attratti dalla birra economica e dal lasco controllo dei documenti. Musica alta, gli occhi torbidi e la voce vivace della mamma, che diventava drastica e un po' disattenta; si riferiva al proprietario del negozio di alimentari come "il negro all'angolo", snocciolava pregiudizi, consapevole dell'aspetto convulsamente divertente della cosa, e Benjamin le andava dietro, sapeva interpretare anche quel ruolo. Le conversazioni più rilassate avvenivano al bar, mentre si scambiavano chiacchiere rapide e vuote, e bevevano finché la pelle si ispessiva e smettevano di sentire la corrente fredda dalla porta. In nessuna occasione, nemmeno da ubriaca, la mamma si avvicinava al proprio dolore e non chiedeva mai di quello di Benjamin. Una sola volta, dopo una serata del genere in cui avevano bevuto tantissimo ed erano tornati alle due, Benjamin era arrivato a casa e si era seduto sul water per svuotare l'intestino scombussolato, e aveva ricevuto un messaggio dalla mamma.

"Non sono sicura di volerci essere più" aveva scritto.

"Dove?" aveva domandato Benjamin.

Lei non aveva risposto e lui era rimasto a letto nel tentativo di capire, vedendosi davanti le immagini di ciò che poteva significare.

Benjamin suonò il campanello, sentì il rumore dei tacchi sul pavimento che si zittirono quando la mamma raggiunse il tappeto dell'ingresso, poi la porta si aprì.

«Ciao, ragazzo» disse abbracciandolo.

Lui percepì il profumo del deodorante da bagno che lei aveva spruzzato per casa per eliminare la puzza di fumo. Frutti tropicali e sigarette. Le luci erano spente, candele accese ovunque. Benjamin si tolse la giacca e diede un'occhiata dentro. Qualche altro ospite, una signora che aveva passato la mezza età tutta ingioiellata, orecchini pesanti che le tiravano i lobi verso terra, una vecchia collega della mamma a quanto capì Benjamin. E una donna scalza, vestita di nero, spiegò di essere la vicina del terzo piano. In fila sul divano c'erano alcune persone che non si somigliavano, ma che erano chiaramente legate tra loro. Benjamin si presentò e loro dissero di far parte del gruppo di salsa della mamma. Lo guardarono interessati, sorridenti, si intrattennero con lui, lo seguirono con lo sguardo, e lui provò una certa gioia in questo, forse perché sapevano chi era, la mamma aveva parlato di lui. Della salsa invece aveva detto poco e nulla. Benjamin si ricordava che il Natale precedente si era trovata nella posta il biglietto di un gruppo di ballo che cercava appassionati. Era andata a fare una prova, ma Benjamin non sapeva che aveva proseguito. La mamma si sedette sul divano e riempì di vino i bicchieri dei compagni. Benjamin vide Pierre alla finestra e gli si avvicinò.

«Non è che ci sia questo grande affollamento» sussurrò Pierre.

«Be', ma non c'era un orario preciso» rispose Benjamin. «Non sappiamo quanta gente sia passata.»

«Vero. Il tavolo dei regali straborda.»

Benjamin si voltò verso i tre pacchetti. Scoppiò a ridere.

«Come sta andando con il nostro regalo?» domandò Benjamin.

«Tutto in ordine, Nils lo porterà da un momento all'altro.»

La mamma aveva disposto delle tartine con salmone e formaggio spalmabile su un piattino accanto a delle tartellette con salsa ai gamberetti. Qualche bottiglia di spumante su un vassoio insieme ai bicchieri da champagne. Benjamin osservò la stanza. Solo in quel momento, con degli estranei, riuscì a vedere l'appartamento dall'esterno. Gli scrittori ebrei nella piccola libreria. La fotografia di un Nobel della letteratura appesa al muro. Tentativi di elevarsi al rango della borghesia accademica, che Benjamin riconobbe dall'infanzia. I fratelli avevano ricevuto un'educazione da alta società che in qualche modo si svolgeva sotto la soglia della sussistenza. Cresciuti come nobili, abituati a tenere sempre la schiena dritta, a dire sempre la preghiera prima di mangiare e a dare la mano alla mamma e al papà alla fine dei pasti. Soldi però non ce n'erano, o meglio: se ne investivano pochissimi sui figli. L'educazione accademica avveniva senza trasporto, iniziava in maniera chiassosa ma non si arrivava mai a nulla. I figli non avevano mai acquisito l'educazione dei genitori e questo aveva dato origine a storie divertenti, aneddoti ricorrenti sul fatto che i bambini non capivano le particolarità che li circondavano. Il preferito della mamma: le volte in cui lei preparava crudité, un piatto francese composto da tuberi e verdure da inzuppare nelle salse, e i figli credevano avesse fatto "crudo il tè". Questo era accaduto quando i bambini erano ancora molto piccoli, e il papà e la mamma avevano ancora energie e volontà. Quando il progetto della famiglia aveva spinta. Poi però era scomparso quasi del tutto. Le cose avevano smesso di funzionare. Le cene erano svanite un po' alla volta, in maniera impercettibile, e una volta che erano state completamente eliminate di fatto nessuno ci aveva più pensato. Ogni sera verso le sei i bambini si dirigevano verso la cucina e si preparavano del pane imburrato, che mangiavano in silenzio bevendo latte al cacao. L'unica cosa che era rimasta era la cena domenicale, per la quale la mamma si sforzava, mettendo qualche goccia di soia nella salsa alla panna per darle il colore giusto. Cene con molto vino, ma la cosa non si notava quasi mai se non dal fatto che la mamma e il papà diventavano pesanti e silenziosi, introversi. Una volta, finito di mangiare, la mamma aveva alzato la voce all'improvviso. «Ehi!» aveva gridato quando i fratelli avevano appoggiato i bicchieri sui piatti vuoti e se ne stavano andando. «Non ci si alza da tavola senza aver ringraziato, no?» E confusi erano dovuti andare, uno dopo l'altro, a dare la mano e inchinarsi, come il residuo di un tempo che a malapena ricordavano.

Una signora di mezza età si alzò dal divano e fece tintinnare due bicchieri uno contro l'altro. Disse che naturalmente non aveva alcun ruolo ufficiale nell'associazione di salsa, ma parlava per tutti quando diceva che apprezzava davvero la presenza della mamma il giovedì. Non erano in tanti, e non erano certo dei campioni di balli latinoamericani, ma si trovavano bene insieme e in quell'anno erano diventati un gruppo piuttosto affiatato, ed erano felici di trovarsi da lei a festeggiare i suoi cinquant'anni, e avevano un regalino da parte dell'associazione, disse mentre trafficava con un sacchetto che aveva messo ai piedi del divano. Perché tu sei una vera *salserita*, disse accentando ogni vocale, e questo è da parte di tutti, anche di Larsa e Yamel che purtroppo non sono potuti venire. La donna le porse un pacchettino e lo sguardo della mamma si illuminò mentre diceva: «Oh oh» e lo scartava svelando una gonna nera di paillettes, che subito appoggiò alla vita.

«Quante volte ne ho guardata una così» esclamò facendo un giretto per mostrarla nella stanza.

«E sai cosa significa, vero?» chiese la donna. «Vogliamo vedere un balletto.»

Forte vociare immediato, proteste ad alta voce da parte della mamma e fischi ed esclamazioni dal divano, e dopo un po' lei cedette e andò in camera a cambiarsi. Mormorii dal divano, Pierre si voltò verso la finestra rovistando nelle tasche alla ricerca delle sigarette. Benjamin diede un'occhiata ai compagni di ballo pieni di aspettative, volti sconosciuti che si erano avvicinati tanto alla mamma, e pensò che forse si era sbagliato. Credeva che lei avesse smesso di vivere, invece forse aveva soltanto smesso di vivere con loro, con la famiglia.

La mamma tornò, accompagnata da piccole grida di entusiasmo, con la gonna nuova dalla vita bassa e lo spacco alto. Tra la gonna e la camicetta aderente un piccolo spazio di pelle, una striscia bianca di pancia. Benjamin vide i piccoli segni, cicatrici dei parti cesarei. Si ricordava che da bambino, mentre si trovava sul divano o sul letto, lei gli aveva fatto vedere quei piccoli tagli appena sotto l'ombelico. «Questo è Nils» aveva detto indicandone uno. «E questo è Pierre. E quello piccolo sei tu.» Benjamin aveva toccato con delicatezza le piccole cicatrici sulla pancia della mamma con il polpastrello, sentendo la pelle calda.

La mamma cambiò il CD nello stereo sulla libreria con un altro e nel soggiorno calò un silenzio totale. La musica partì, la sensazione che troppi strumenti suonassero insieme, come una rete di ritmi diversi che tentavano di trovare appoggio uno sull'altro. La mamma si spostò sul grande tappeto al centro della stanza, passando accanto alla tavola si fermò a bere del vino da un bicchiere e si mise in posizione con entrambe le mani sulla testa, come se si stesse sistemando una ciocca di capelli. Poi fece i primi passi e si sentirono delle grida di gioia dai compagni sul divano. Entrò nel personaggio diventando un'altra. Sollevava le ginocchia, si muoveva avanti e indietro, le braccia lungo i fianchi, poi cominciò a scuotersi, il busto fermo e la vita in un movimento da cavallerizza, che si rafforzò quando fece un giro su se stessa, e solo dopo un po' Benjamin si accorse nella scarsa illuminazione che la mamma aveva gli occhi chiusi. All'inizio pensò che ballava come davanti a un grande pubblico, che si immaginasse una pista illuminata da ogni lato da riflettori con un mare nero di spettatori intorno, ma capì presto che era il contrario. La mamma ballava come se nella stanza non ci fosse nessuno, come da bambina, nella sua cameretta, sul letto, facendo movimenti per se stessa, nella sua solitudine totale, e per questo in quel momento era così libera, perché non era ancora successo niente. La mamma aprì gli occhi, guardò Benjamin e allungò una mano verso di lui, portandolo sulla pista. Lui si imbarazzò subito, fece qualche resistenza, ma la mamma era determinata. Le ginocchia piegate, le cosce bianche che spuntavano dietro la gonna. Chiuse gli occhi, ballò ancora da sola, dentro di sé, e Benjamin smise di muoversi a tempo, rimase dritto davanti a lei osservando i suoi movimenti sognanti, e all'improvviso la mamma lo guardò, gli prese la mano e lo strinse fra le braccia. Non stavano così vicino da tanti anni, da quando lui era piccolo. Sentiva il suo abbraccio, tra loro c'era un filo sottile che non si era spezzato, un desiderio di lei che non era cessato. Benjamin sentì il suo odore, il suo respiro nell'orecchio, mentre era di nuovo accanto alla sua mamma. Non voleva mollare la presa.

Con fare rigido e dimostrativo lei lo spinse via e tornò dentro di sé. La canzone finì e la stanza applaudì. La mamma fece un gesto verso Benjamin, come un riconoscimento anche per il suo contributo. Si risedette sul divano, sfinita, contenta, e si fece servire un bicchiere.

Pierre fece vedere a Benjamin un messaggio di Nils: "Fuori". Uscirono entrambi. Ed eccolo accanto alla porta, con la sua grossa giacca a vento, un gattino in braccio.

«Hai portato il fiocco?»

Pierre estrasse dalla tasca posteriore una fascia di seta rosa e quando avvolse il gatto come un pacchetto quello oppose resistenza, le zampe si irrigidirono, mostrò gli artigli. I fratelli si erano visti la settimana prima in un gattile fuori città e vagando tra le gabbie erano stati attratti da quella bestiola color crema. Vedendo il gattino in braccio a Nils nell'ingresso, a Benjamin parve più piccolo di come se lo ricordava, tanto che quasi non poteva essere vero, perché gatti così piccoli non esistono. Pierre annodò il fiocco. «Aspetta qui, vado a dire due parole» disse Pierre a Nils.

Lui e Benjamin rientrarono e si misero all'ingresso del soggiorno. Pierre si schiarì la voce e siccome nessuno lo sentì lo rifece più forte, tossì rumorosamente, pulendosi le cavità nasali. Le conversazioni sul divano si interruppero, gli sguardi si rivolsero verso Pierre.

«Cosa si regala a una donna che ha tutto?» chiese. «È una cosa su cui prima di questo giorno io e i miei fratelli abbiamo riflettuto molto. Lo sappiamo, lei non vuole aggeggi del cavolo!»

Qualcuno sul divano rise. La mamma aveva raddrizzato la schiena, in allerta.

«Quindi abbiamo deciso di lasciar perdere. Non le regaliamo nessun aggeggio. Le regaliamo una cosa che ha davvero un valore.»

Chiamò Nils, che uscì dall'oscurità dell'ingresso ed entrò nel soggiorno con il gattino in braccio. Un mormorio dal divano, la mamma non capiva, non sapeva cosa stava guardando. Nils si avvicinò e le mise delicatamente l'animale in braccio.

«Che tenero, io muoio» disse uno degli ospiti.

La mamma osservò il gattino. Scoppiò a ridere emettendo poi un verso stridulo.

«Non siete mica normali!» esclamò. «È per me?»

I fratelli annuirono.

«All'inizio volevamo regalarti un cane» spiegò Pierre. «Poi però abbiamo pensato che forse in città è più facile avere un gatto. E poi abbiamo trovato lei e ci siamo resi conto che...» Si avvicinò alla gattina e le mise il dito sul muso. «Ci siamo resi conto che era la tua.»

«Oh, santo cielo» mormorò la mamma appoggiando con cautela la mano sulla testa della gatta. La posizionò sulla pancia nuda. «È meravigliosa.»

Sembrava andare tutto bene. Non era sempre stato così. Spesso la mamma era infastidita il giorno del compleanno, non voleva ricevere auguri e regali. Non si sentiva particolarmente amata, diceva, e non voleva che la gente si facesse viva una volta all'anno. La famiglia però ci provava, il papà in testa ma sempre goffo nei suoi tentativi di far felice la mamma. Una volta le aveva regalato un corso per smettere di fumare e lei si era offesa al punto di interrompere i festeggiamenti e tornare a letto. Benjamin si ricorda di quando il papà lo aveva aiutato a scegliere un beauty-case e nel momento in cui lei aveva aperto il pacchetto aveva affrontato Benjamin sospettando che lo avesse pagato il papà anziché lui. Questa invece sembrava aver funzionato. La mamma era incantata, sedeva con la testa china sulla gatta e le accarezzava delicatamente il pelo.

«E abbiamo pensato...» Pierre fece una pausa ad arte. «Abbiamo pensato che potresti chiamarla Molly.»

Benjamin lo guardò di sfuggita. Pierre annuì compiaciuto e si voltò verso la mamma. Non aveva cattive intenzioni. Era stato soltanto un cortocircuito, Benjamin se ne accorse, una cosa accaduta sul momento, quando Pierre si era reso conto che il regalo era stato un successo e poteva essere prolungato, che il buco nel suo petto poteva riempirsi più in fretta con altro amore da parte della mamma, che sarebbe arrivato più in profondità nel suo cuore.

Non voleva.

La mamma alzò gli occhi dalla gatta.

«Cos'hai detto?» chiese.

«In suo onore» rispose Pierre, ora con voce incerta.

«Su questo non eravamo d'accordo» intervenne Benjamin secco. Si voltò verso Pierre abbassando la voce: «Di cosa stai parlando?».

«Sapete una cosa?» disse la mamma guardando i fratelli. Si fermò, scoppiò a piangere, qualcuno del gruppo di ballo le mise una mano sulla schiena ricurva. Lei alzò di nuovo lo sguardo, Benjamin vide l'oscillazione, il dolore che si trasformava in collera. «Andate pure» disse la mamma.

Si alzò, mise la gatta sul divano e uscì dal soggiorno.

C'era un silenzio tale che Benjamin riusciva a sentire la mamma in cucina, i suoi singhiozzi, percepiva lo sfregare del fiammifero mentre si accendeva una sigaretta. Benjamin rimase di fronte alle persone sul divano con lo sguardo inchiodato a terra. Poi successe. Non fu una decisione ragionata, gli venne così. Calò un'oscurità fulminea, come nei film in cui un ladro di diamanti traffica facendo partire l'allarme e tutti gli ingressi vengono coperti da cortine di fumo. Benjamin sentì il cuore battere più forte, le grate si abbassarono, una dopo l'altra, e nel buio indentificò un'emozione nei confronti della mamma che non aveva mai osato in vita sua lasciar trapelare. Ira. Era bastata una piccola scintilla, una scintilla per accendere tutto.

Andò verso la cucina e si mise sulla soglia.

La mamma era seduta su una sedia al tavolo. Il trucco nero le era colato sotto gli occhi.

«Non puoi dimenticare Molly, ma noi ci hai dimenticati molto tempo fa.»

Guardò Benjamin a bocca aperta. Lui non aveva mai alzato la voce con lei. Sentiva le lacrime bruciargli all'interno delle palpebre, si maledisse, non voleva mettersi a frignare. Non voleva essere dispiaciuto, voleva essere arrabbiato.

«Noi siamo qui!» gridò. «Io e Nils e Pierre. Siamo qui.»

La mamma non rispose. Poi arrivarono il respiro affannato e il pianto. Benjamin si coprì la faccia, si voltò e si avviò verso la porta. Attraversò il silenzio del soggiorno e uscì.

Si fermò in strada fuori dal portone. Per un momento pensò di aspettare i fratelli, probabilmente sarebbero scesi a breve. Attese qualche minuto poi si avviò, superando i tavolini dei locali e le strisce pedonali. Dall'altro lato della strada alzò gli occhi verso l'appartamento della mamma ma non vide nessuno, solo i palloncini sul soffitto, come occhi tristi che guardavano depressi in giù dal soggiorno. Fissò il portone. Dove sono i miei fratelli?, pensò.

Proseguì nel traffico caotico, i sacchetti di plastica che rotolavano sul bordo del marciapiede, lo sporco che si muoveva verso nord, perfino la spazzatura voleva andarsene da lì. Si diresse verso l'ingresso della metropolitana. Si voltò ancora una volta a guardare la facciata del palazzo.

Dove sono i miei fratelli?

20

Ore 4

La stanza si rimpicciolisce.

Lui chiude gli occhi e forse dorme, crede che sia così, perché quando li riapre c'è più luce. Guarda fuori dalla finestra, sul punto più alto della facciata del palazzo vede uno spicchio di sole. Un angolino giallo nel cemento grigio. Nella vita ha visto più albe che tramonti. Le domeniche mattina presto in cui si trovava a letto e l'aurora usciva di soppiatto dall'oscurità fuori dalla finestra come un incubo, il cielo passava da blu a lattiginoso e poi i primi raggi di sole comparivano sulle cime degli alberi. Di solito andava alla finestra a guardare, ammirato, perché era una cosa particolare esserci fin dall'inizio, un'esperienza tremenda, il sole si trovava nel punto sbagliato e illuminava dal lato sbagliato, in angolazioni strane. Ora invece l'alba è legata a tutt'altro, sono passati quattordici giorni dalla morte della mamma e da quel momento non ha mai dormito oltre l'alba, il sorgere del sole. Quando la terapista gli ha chiesto cosa provava per la morte della mamma, Benjamin ha risposto che non provava nulla, ma forse non era vero, forse provava così tante cose che era impossibile distinguerne una. Le ha dovuto raccontare la sua storia e lei gli ha detto che il cervello è strano. Fa cose che non sappiamo. A volte quando si sono vissute vicende traumatiche la mente modifica i ricordi. Benjamin le ha chiesto perché e lei gli ha risposto: per sopportare.

Gli ha detto: costringiti a pensare a tua mamma. E lui ha risposto con un'altra domanda: a cosa devo pensare? Qualunque cosa, ha risposto la terapista.

Il primo ricordo della madre. Lui ha tre anni. Una mattina la mamma e il papà sono a letto e gli dicono: «Vieni qui a darci un bacio!». Lui si intrufola strisciando tra le lenzuola. Dà un bacio al papà, con tutta quella barba fa fatica ad arrivare alla bocca. Dà un bacio alla mamma. Poi si pulisce la bocca, di fretta. Loro lo affrontano. Si sono accorti di cosa ha fatto. La mamma lo solleva e dice: «Pensi che sia disgustoso baciarci?».

L'ultimo ricordo della madre. La sua smorfia in punto di morte, in ospedale. Quella in cui si è bloccata la faccia, il ghigno lupesco. Se lo porta dietro fin dalla morte della mamma e ogni volta che gli si presenta davanti viene ributtato nell'infanzia, perché gli ricorda una cosa che ha visto in quel periodo. Quando gli si seccavano i polpastrelli se li leccava. La mamma gli aveva detto di smetterla e siccome lui non ci riusciva aveva cominciato a imitarlo. Appena si leccava le dita correva da lui e si infilava le mani in bocca mostrando i denti in un ghigno. Benjamin cercava nel suo sguardo un lampo malizioso, qualcosa che rivelasse che lo stava rimproverando in modo affettuoso, ma non lo trovava mai.

Quattordici giorni dalla sua morte. I medici hanno detto che l'evoluzione è stata rapida, ma non è vero. Ci ha messo due settimane a morire, dal momento in cui le sono venuti i primi dolori allo stomaco fino all'ultimo istante. La sentenza di morte però era arrivata un anno prima quando avevano scoperto il tumore, che lei aveva comunicato in un messaggio ai figli, per poi rifiutarsi di parlarne. Non voleva mai compagnia in ospedale e quando le domandavano come andassero le cure rispondeva soltanto che era tutto a posto. Non faceva trapelare nulla sulla malattia e quando pochi mesi dopo aveva detto di essere guarita Benjamin non le aveva creduto, perché si era accorto che qualcosa continuava a non andare. Dimagriva. In modo strano, costante, fallace, perdeva un chilo dopo l'altro e un giorno Benjamin si era reso conto che era un'altra persona. Le clavicole appuntite e taglienti e i buchi sotto di esse cavità nere. La pelle di troppo che le si raggrinziva addosso. Era diventata magra e fragile, sensibile al vento, durante le passeggiate Benjamin doveva tenerla per le mani ossute. Una volta gli aveva raccontato di essere stata dal medico per parlare del suo peso. Con voce allegra aveva affermato di pesare quaranta chili. «Ci pensate?» aveva detto. «Quanto un lattonzolo!» Il dottore le aveva dato alcuni barattoli, integratori in polvere, che erano rimasti intatti sul piano della cucina per mesi finché poi li aveva buttati.

I dolori all'addome erano venuti all'improvviso. Erano esplosi mentre si trovava in un negozio di arredamento. Aveva provato un male terribile e non sapeva cosa potesse essere. Aveva raccontato ai figli di aver spinto il pollice nella vita e si era seduta su una sedia con la pancia contro il bracciolo, mettendo in atto i curiosi trucchi che aveva imparato da bambina. Il dolore era svanito ma era tornato in breve tempo. Poi era peggiorato. Aveva smesso di uscire, non dormiva più la notte, restava sveglia in preda ai tormenti e nessun antidolorifico la aiutava. La ricerca del sonno era diventata predominante. Spegneva il telefono perché voleva dormire. Era sempre più difficile raggiungerla, brevi messaggi di notte sempre più confusi. Quando Benjamin le chiedeva come stava lei rispondeva di continuo: "Tarzan". E alla fine i contatti si erano interrotti. Il telefono della mamma era costantemente spento, nessun segno di vita. Dopo tre giorni di silenzio Benjamin era andato da lei, nonostante sapesse che detestava le visite improvvise. Aveva suonato il campanello diverse volte, lei aveva aperto, i capelli ritti in testa. Le finestre spalancate, anche se fuori si gelava. Odore di detersivo e vomito.

«Stai male?» le aveva chiesto.

«Sì, non so perché ma ho vomitato come una matta.»

Si era buttata in poltrona, aveva preso una sigaretta ma l'aveva subito rimessa via. Si era seduta china in avanti con i gomiti sulle ginocchia. La vestaglia scopriva le gambe magre, la pelle penzolava da entrambi i lati delle cosce.

«Andiamo in ospedale così ti possono controllare?» aveva chiesto Benjamin.

«No, no. Va tutto bene. Mi basta dormire un po'.»

Si ricorda che gli era sembrata piccola nella grande poltrona. La mamma si era chinata in avanti e aveva sputato con cautela per terra. Per lui era stato come un segnale, fa così soltanto chi sta davvero male. Lei non aveva nemmeno protestato quando lui le aveva detto che dovevano andare subito al pronto soccorso, era rimasta in poltrona mentre lui preparava la borsa e poi erano andati. Quel primo pomeriggio era loquace. Si lamentava dei dolori con un tono che somigliava a irritazione. Ogni volta che un infermiere entrava in camera lei chiedeva: «Sa dirmi perché mi fa così male?». Mormorii in risposta, accenni a un medico che sarebbe arrivato a breve.

Lui aveva visto tutto, si ricorda ogni dettaglio. Si ricorda la stanza in cui era ricoverata. Sul tavolo accanto c'erano la dentiera, un bicchiere di succo di mela, i giornali della sera e un piatto di lasagne che non aveva toccato. Aveva la flebo nel braccio e al dito un aggeggio che somigliava a un ditale per misurare l'ossigenazione. A intervalli regolari entrava un infermiere a controllare i valori e appuntarli. Benjamin non osava chiedere se andavano bene o no.

Era andato a casa ed era tornato la mattina dopo. Era stato il loro ultimo incontro. Pierre e Nils erano già lì. Le era stata data della morfina per i dolori, lui si era seduto sul bordo del letto fissando la sua confusione. Lei aveva detto di aver fatto sogni strani. Era su un aereo che volava sopra la città, troppo vicino ai tetti delle case, cercava di spiegare alle hostess che era pericoloso, ma nessuno voleva ascoltarla.

Era il compleanno di Pierre e lui ci aveva scherzato sopra. «Mi dai i regali adesso o vuoi aspettare un po'?» le aveva chiesto. Lo sguardo confuso della mamma nel letto. Non sapeva che compisse gli anni. La confusione però era più profonda di così, come se non riuscisse bene a cogliere il concetto di compleanno. Aveva aperto la bocca e l'aveva chiusa riflettendo.

«Sto scherzando, mamma.»

Nils aveva portato i giornali e le aveva letto ad alta voce le notizie, ma dopo un po' lei gli aveva chiesto di smettere. Aveva bevuto un po' di succo, fatto una smorfia, gridato per il dolore tenendosi la pancia. Poi aveva iniziato a fissare il muro, con quella deformazione strana sul volto. I fratelli avevano cercato di parlarle, ma lei non diceva una parola, fissava concentrata il muro. Era andata incontro alla morte in silenzio. Non rispondeva alle domande, se le stringevano la mano lei non contraccambiava. I fratelli stavano zitti. E di colpo, senza preavviso, il cuore aveva smesso di battere e lei se n'era andata.

«Sono le 16.25» aveva detto Nils, era proprio da lui fare il figlio in lutto e il supervisore al tempo stesso.

Benjamin deve dormire.

Non può arrivare in fondo a quella giornata senza un po' di sonno. Non se la caverà. Ora sa cosa deve fare. Deve parlare con i fratelli di cose che non hanno toccato per vent'anni. Rivolta il cuscino e si gira dall'altro lato. Scorge sul comodino la fotografia incorniciata di loro tre. È stata scattata sulla riva del lago ai piedi della casa di campagna. Benjamin, Pierre e Nils, con il sole sulle chiome, in mutande e stivali, i corpi abbronzati. Colori chiari, giubbotti salvagente arancioni contro il cielo blu acciaio. Devono uscire a calare le reti. Benjamin è al centro, abbraccia i fratelli, un braccio intorno al collo di ognuno. I corpi sono liberi, rilassati. Ridono per qualcosa di inatteso. Non stanno sorridendo per la foto, è qualcos'altro, come se il papà un attimo prima dello scatto avesse fatto una battuta divertentissima per scombinare l'equilibrio. Ridono fino a soffocare. Si abbracciano. Sono luminosi, i fratelli.

Cosa gli è successo?

Subito dopo la morte della mamma. Erano insieme nella stanza d'ospedale, eppure soli. Nemmeno una volta in quel pomeriggio si sono abbracciati. Nils ha tirato fuori una macchina fotografica e si è messo a immortalare la mamma. Pierre è uscito sul balcone dall'altro lato del corridoio a fumare una sigaretta. Benjamin è rimasto al centro della camera. Poi se n'è andato, senza salutare. Non potevano fare niente l'uno per l'altro. È così fin da quando ne ha memoria, da quando lui è adulto. Nessuno di loro sa bene come comportarsi perfino per guardarsi negli occhi, le loro conversazioni si svolgono con lo sguardo fisso sulla tovaglia, comunicazione rapida e intermittente. A volte pensa a tutto ciò che hanno passato, a quanto si stringevano uno contro l'altro da bambini, e a quanto sia tutto strano adesso; si trattano come estranei. Non è solo lui, pensa, sono tutti e tre. Ha visto come Nils prende in braccio il gatto un attimo prima di salutare, come uno scudo, perché così diventa più naturale evitare gli abbracci. Una mattina presto all'improvviso ha visto Pierre venirgli incontro in centro. Lui non si è accorto di Benjamin, perché aveva lo sguardo incollato sul cellulare, come sempre, cieco verso il mondo, viveva la propria vita illuminato dal basso dalla luce blu, e Benjamin non ha detto né fatto nulla, gli è passato accanto senza farsi notare. Le loro giacche si sono sfiorate passandosi accanto. Lui si è voltato a guardarlo, ha visto la sua sagoma farsi più piccola e più sfocata, con una sensazione crescente di dolore, al limite del panico. Cosa ci è successo?

Quello che stanno per fare sembra impensabile. Tornare alla casa di campagna di cui nessuno parla più. Il modo suo e di Pierre di relazionarsi con l'infanzia è scherzarci sopra. Gli manda un messaggio per dire che è in ritardo e Pierre risponde: "Pago io il taxi" imitando il ricorrente modo isterico del papà per attrarre i figli quando aveva voglia di compagnia. Pierre scrive per spostare l'orario e Benjamin risponde: "Sai una cosa, dimentichiamo l'intero progetto", come un'ironia sulla volubilità della mamma. Nils, al contrario, non ha mai scherzato in quel modo. Fuori dalla finestra il sole si alza piano, la macchia gialla sul cemento si ingrandisce, ormai copre quasi tutta la facciata, scalda le file di veneziane che proteggono le camere di fronte. In casa c'è una finestra aperta, dalla quale non si sente nulla. La città dorme. Benjamin si alza dal letto, prepara una tazza di caffè in cucina. Esce sul balcone. Un tavolino e una sedia e un posacenere pieno di mozziconi. Sulla ringhiera un vaso di tulipani dimenticati, piegati e ingialliti nella terra secca. È presto ma fuori fa già caldo. Cielo azzurro, ma a est si vede uno spicchio di mare e le nuvole al di sopra sono scure. C'è afa, come prima di un brutto temporale. Guarda l'orologio. Tra poco aprirà la stazione di servizio dove deve prendere l'auto a noleggio.

Poi esce. Chiude per l'ultima volta la porta di casa e gira la chiave. Un attimo più tardi è seduto in macchina. Esce dal centro percorrendo strade vuote, viaggia sopra la città, a venti metri di altezza lungo alte superstrade di cemento, una macchina solitaria sulle cinque corsie.

21

Lo sterrato

Sono passati un paio di giorni dalla morte della mamma. Da quando è successo lui è sempre rimasto a casa, e in quel momento è uscito per la prima volta. Ha fatto una passeggiata nel parco più grande della città, quello che conduce al molo. Ha osservato le chiome degli alberi sopra la testa. Sapeva che era l'inizio di giugno e le foglie erano di un verde intenso, ma erano anni che il suo occhio non era in grado di percepirlo. Dopo l'incidente nella cabina di trasformazione venne portato in ospedale. Aveva ustioni sul braccio, sul collo e sulla schiena, i medici che dovevano intervenire non riuscivano a distinguere tra i vestiti e la pelle. Dopo un paio di giorni di ricovero, prima delle dimissioni, il papà chiese al dottore se a Benjamin sarebbero rimasti dei danni permanenti. Impossibile prevederlo, rispose. Potevano venirgli fuori in qualunque momento della vita. Danni ai nervi che potevano manifestarsi dopo molti anni. I muscoli potevano lentamente atrofizzarsi, c'era il rischio di fibrillazione cardiaca, danni cerebrali, insufficienza renale. Non successe nulla di tutto ciò. Ma il medico non fece previsioni. Non lo avvertì che avrebbe percepito i colori diversamente dopo l'esplosione. Alcuni non li vedeva proprio più. Non distingueva il blu. Poteva chinarsi su un cespuglio, mettersi a quattro zampe, e anche se una persona accanto a lui insisteva che era pieno di mirtilli non riusciva a scorgerne nessuno. Gli altri colori li vedeva più forti, già un paio d'ore prima che il sole calasse in primavera e in estate notava un arco levarsi all'orizzonte, il cielo tingersi di rosa scuro. Era bellissimo, peccato che non fosse vero. Da ragazzo faceva colpo sugli altri a scuola fissando il sole dritto senza chiudere gli occhi. I compagni si radunavano intorno a lui gridando e andavano a chiamare altri per guardare. I colori segnaletici lo tranquillizzavano e li cercava. Indugiava davanti ai coni rossi dei lavori stradali. A volte entrava nei negozi di articoli sportivi, andava nel reparto pesca e posava lo sguardo sulle esche gialle e rosse, luccicavano come neon. Però si ricorda gli alberi dell'infanzia, le settimane in cui andavano nella casa di campagna all'inizio di giugno, le foglie cariche di forza verde. Per tanto tempo gli era mancato poterle vedere. Poi aveva smesso di preoccuparsene.

È sceso fino al mare. Le vecchie barche dei pescatori equipaggiate come abitazioni per eccentrici. Ha proseguito superando le barche passeggeri bianche ormeggiate in fila lungo la banchina. I ristoranti con il cartello PESCATO DEL GIORNO che speravano di ingannare i turisti ignari del fatto che in quelle acque non cresceva nulla, non ci vivevano pesci, perché il mare era morto. Le persone che ha incrociato erano vestite estive, ma faceva freddo come ad aprile, colletti leggeri tirati su, pelle d'oca sulle braccia nude. Negli ultimi tempi era passato di lì parecchie volte. Attraverso il parco fino al molo e poi ritorno. Sempre più spesso faceva passeggiate, a volte di ore. D'inverno tornava così infreddolito da aver perso la sensibilità, cercava di aprire la porta ma non ci riusciva, guardava affascinato la mano, incapace di afferrare la chiave e girarla nella serratura. Spesso vagava per la città, senza una meta precisa, entrava nei cimiteri e scendeva in metropolitana, faceva una fermata e riprendeva a camminare. Aveva deciso di lasciarsi l'incidente alle spalle, ma non era andata come si immaginava. I pensieri tornavano costantemente lì. Ogni volta che sentiva un rumore forte, vedeva una luce abbagliante, qualunque impressione a cui non era preparato era di nuovo lì, all'interno della cabina. Capitava ancora diverse volte al giorno. Inattese impressioni visive accecanti lo ributtavano indietro. Oppure il caldo, quando apriva un forno e si chinava per vedere se il cibo era pronto e si trovava di fronte il muro di calore. In quei casi poteva scoppiare a piangere dal nulla. Rumori improvvisi. Non solo tonfi nitidi, come quando i ragazzini giocavano con i petardi in metropolitana. Le sedie che grattavano quando una persona si alzava in un ristorante vuoto. Il rumore di coltelli e forchette sistemati con impeto nel cassetto delle posate. Non poteva stare in un bagno mentre veniva preparata la vasca. Il rumore del centro città era il peggiore, in particolare se pioveva, perché in qualche modo l'acqua amplificava il chiasso, anche le auto a passo d'uomo sembravano rombare e continuare poi a vivere dentro di lui, come un eterno e rimbombante effetto Larsen.

L'unica cosa peggiore dei rumori improvvisi era il silenzio improvviso, perché in quel caso tornava la ben nota consapevolezza che se svaniscono i rumori svanisce anche il mondo, e più c'era silenzio più aumentava la sensazione di perdere il contatto con la realtà. Sognava a lungo di trovare il silenzio perfetto, quello con suoni lontani. Di essere in camera e sentire una radio accesa in cucina. Di trovarsi in un ristorante vuoto con un cantiere fuori, vedere gli operai lavorare, il rumore attutito dagli spessi vetri. Prima continuava a rimuginarci sopra, ma aveva smesso anche con questo. Aveva lentamente smesso di preoccuparsi del proprio disagio. Si ricorda la prima volta in cui è stato pervaso da quella sensazione. Era in cucina, di colpo aveva sentito puzza di fumo e aveva cominciato a cercare per casa. Aveva attraversato il soggiorno seguendo l'odore di bruciato, aveva visto l'armadietto del quadro elettrico nell'ingresso e aveva notato che dalle fessure trapelava del fumo bianco.

L'aveva aperto e aveva scoperto un piccolo incendio all'interno, un delicato fuocherello in superficie dietro gli interruttori. Era corso in cucina a riempire un secchio ed era tornato, e proprio quando stava per versare l'acqua sul fuoco gli era tornata in mente una cosa che aveva imparato a scuola, che l'acqua è un conduttore. E si era ricordato delle storie di gente a cui era caduto il phon nella vasca e ci era rimasta secca. Forse buttare acqua avrebbe provocato una catastrofe? Aveva cercato di soffiarci sopra, ma il fuoco era solo cresciuto, era rimasto paralizzato con il secchio in mano finché non aveva espirato, tre secondi di calma totale, per poi gettare l'acqua, con una certezza: non ha importanza.

Non era successo nulla, le fiamme si erano spente, i fusibili erano esplosi uno dopo l'altro, come popcorn. Il giorno dopo era venuto un elettricista a rimettere a posto il quadro, il pericolo dovuto all'elettricità era svanito ma da quel giorno era rimasta dentro di lui la sensazione: non aveva importanza.

Non era una cosa che aveva deciso. Non aveva nemmeno formulato il pensiero dentro di sé, non andava mai così. Forse era come con tutte le altre questioni difficili, le allontanava da sé, preferiva svuotare il cervello che riempirlo di cose di cui non sapeva che farsene. Era stato lì sul molo un sacco di volte a guardare la baia per un po' e poi era tornato a casa. Non conosce la differenza tra quella volta e le precedenti. Si è fermato sul bordo per un minuto. Ha guardato nell'acqua, ha visto le alghe che si sono poggiate come un velo sulle enormi catene delle ancore. Venti centimetri di vista, poi tutto era nero. Si è spogliato e ha impilato i vestiti, i passanti buttavano un'occhiata e proseguivano. Poi si è tuffato. Non era programmato, non c'erano dettagli studiati. Ha deciso soltanto di nuotare verso il largo, finché ce la faceva, finché non aveva più forze. Ha lasciato il molo con i suoi piccoli traghetti per nuotare in acque aperte. L'aria era ferma e la superficie lucida come uno specchio, ma le onde che arrivavano dal mare avevano corpi grossi, il mare si alzava e si abbassava intorno a lui, e lui con esso; era piccolo e insignificante in quella fluttuazione, come se il mare non avesse ancora deciso che fare di lui. Al largo l'acqua diventava più fredda, le sue bracciate più corte. Però era bravo a nuotare. Un'estate i genitori lo avevano mandato a fare un corso. Tutti si conoscevano tra loro, lui non conosceva nessuno. Gli altri bambini erano più grandi. Dovevano nuotare in fila, lui era più lento, quando uno lo raggiungeva si sentiva echeggiare un fischietto da bordo piscina. «Fai passare!» E lui si aggrappava ansimante alla corsia gialla per farlo passare. Poi in doccia, l'odore del cloro e le dita raggrinzite e le piccole pozze d'acqua a terra che brillavano alla luce dei neon, e i ragazzi più grandi che si rincorrevano per frustarsi con gli asciugamani con grida che rimbombavano tra le mura piastrellate. Dormivano in una palestra. Gli altri avevano il sacco a pelo e il materassino, ma i suoi genitori si erano dimenticati di darglieli. L'istruttore gli aveva prestato una coperta e gli aveva steso a terra i tappeti del salto in alto. Gli altri bambini avevano iniziato a chiamarlo "il re", perché lassù sembrava così maestoso, come elevato rispetto a loro. Al momento di dormire piangeva silenzioso per la nostalgia dei genitori. Guardava il soffitto, seguiva con lo sguardo le sbarre, gli anelli e le spalliere. L'ultimo giorno avevano fatto teoria, l'istruttore aveva radunato i bambini bagnati, li aveva messi in fila a bordo vasca e appena facevano chiasso fischiava. Aveva parlato di cosa fare se si finiva in acque fredde. Accanto a una lavagna gridava come fosse un cane che abbaiava: «Orièntati! Dove devi andare? Orièntati! Dove devi andare? Orièntati! Dove devi andare?».

Benjamin sapeva dove doveva andare. Si è diretto verso il mare aperto, non aveva importanza cosa succedeva dopo. Si è lasciato alle spalle gli isolotti, i rumori della città erano spariti, sentiva solo il proprio respiro e lo sciabordio delle mani contro la superficie.

Un boato si è abbattuto sulla terra e quando è finito qualche secondo di silenzio. Poi di nuovo, un rombo straziante, un lampo e una sirena al tempo stesso, quel rumore lo ha trapassato, sembrava dentro l'acqua, come se provenisse dal mare. Si è voltato e ha visto passare la gigantesca nave da crociera, a solo quindici metri di distanza. La sirena ha suonato per la terza volta, per un secondo il corpo di Benjamin è rimasto paralizzato, il suono è passato attraverso la carne e le ossa, ed era di nuovo nella cabina di trasformazione, sentiva l'esplosione di continuo, sentiva Molly rannicchiarsi tra le sue braccia, e lui la teneva deciso e la stanza diventava blu e sentiva la pressione nella schiena, e pensava che in quel momento sapeva cosa significava esplodere. Poi è diventato tutto nero. E quando si è svegliato aveva un fuoco nella schiena.

Orièntati!

Dove devi andare?

Dove sono i miei fratelli?

Ed era strisciato verso Molly.

Quando la sirena della nave ha suonato una quarta volta Benjamin ha gridato forte e ha sentito il proprio respiro affannoso, ha continuato a nuotare. Nuotava verso il largo, l'acqua all'improvviso più dura, una brezza sulla testa fredda. A quel punto le ha viste, due teste nell'acqua davanti a lui. Le ha riconosciute subito, riconoscerebbe i fratelli a un chilometro di distanza. Li ha raggiunti, ha visto Pierre concentrarsi, la testa bassa sulla superficie, guardava in lontananza la piccola boa che galleggiava nell'acqua. «Ecco la boa!» ha gridato a Nils. «Tra poco siamo a metà!»

Pierre ha alzato in fretta gli occhi verso Benjamin.

«Ho paura» ha detto.

«Anch'io» ha risposto lui.

Nils poco più avanti, Benjamin l'ha visto piegare il collo indietro per non far entrare l'acqua in bocca.

«Nils» ha detto Benjamin. Il fratello non ha reagito, è andato avanti a nuotare con gli occhi al cielo. Benjamin l'ha raggiunto, respiravano affannosi uno addosso all'altro. Si sono fermati nell'acqua, i tre bambini. Il mare aspettava in silenzio.

«Hai le labbra blu» ha detto Benjamin a Pierre.

«Anche tu.»

Hanno ridacchiato. Benjamin ha fissato Nils, il suo sorriso dolce. I fratelli si sono avvicinati, scaldando uno la faccia dell'altro con il proprio respiro. Si sono guardati negli occhi e Benjamin non aveva più paura.

«Adesso devo andare» ha detto.

Nils ha annuito.

Pierre non voleva mollare la presa. Benjamin ha appoggiato una mano sulla guancia del fratello, gli ha sorriso, poi si è staccato dagli altri due, si è voltato di nuovo verso il mare aperto, il freddo sulle gambe che si aggrappava e si inerpicava sulle cosce, la stanchezza, non era affannato ma stremato, ha sentito un formicolio sulle spalle e sulle braccia, l'acqua arrivava più vicina e le onde che prima erano grandi ma gentili hanno cambiato natura, il mare si è chinato su di lui con una violenza tale da togliergli il fiato, e quando ha inspirato il mare è entrato dentro di lui, gli ha riempito lo stomaco, le vie respiratorie e i polmoni, nei secondi prima di perdere coscienza ha anche smesso di preoccuparsi, perché sapeva che finalmente poteva mollare la presa sulla realtà a cui era rimasto aggrappato per tanti anni. È caduto sotto la superficie, libero e rilassato, e quando il battito si è fermato non c'era luce né buio, non era un tunnel con un bagliore dall'altro lato.

Era uno sterrato.

22

Ore 2

Dice ai fratelli che deve soltanto andare in bagno, che possono avviarsi, promette di chiudere quando esce. Pierre e Nils restano un momento chini nell'ingresso di casa della mamma ad allacciarsi le scarpe e poi si caricano in braccio i ricordi e barcollano sul pianerottolo buio. Benjamin li osserva mentre si dirigono verso l'ascensore, poi chiude la porta. Va anche in bagno, non perché debba ma per addolcire la propria bugia. Guarda i prodotti da toilette della mamma nell'armadietto spalancato. Una crema per le mani. Una saponetta incollata che è diventata tutt'uno con la ceramica. Uno spazzolino, parecchio consumato, quasi brutalizzato. Tracce di vomito nel lavandino. Sul bordo della vasca la confezione di profumo di Chanel, quello che si è comprata molti anni fa e per il quale nutriva un rispetto tale da non usarlo quasi mai. Tre lampadine sopra il lavandino, ne funziona soltanto una. Si guarda allo specchio. Non lo fa mai più del necessario, non entra mai in contatto visivo con se stesso, si guarda sempre di sfuggita, il mento o il naso, ora invece si sofferma. Vede la bocca prominente, la fronte larga. Si ricorda cos'aveva detto una volta il papà scherzando: "È facile immaginare che aspetto ha il tuo cranio". Da piccolo era affascinato dal proprio aspetto. Voleva sempre guardare. Stava allo specchio, in qualche modo ammirato.

Una volta da bambino era solo a casa ed era rimasto davanti allo specchio dell'ingresso a fissarsi così a lungo che alla fine era convinto di guardare un'altra persona. Non aveva avuto paura, era tornato a provarci in altre occasioni, ma quell'istante non era più ricapitato. Una volta, nella casa di campagna era seduto per terra in cucina con le gambe distese sul tappeto e guardando la parte inferiore del corpo aveva percepito che non gli apparteneva. Erano le gambe di un altro, sotto la vita era tutta carne morta, non sua. Era così reale che non riusciva a muoversi. Si era allungato per afferrare un ciocco di legna dal cesto accanto ai fornelli e se lo era picchiato sulle cosce e sui piedi per sentire qualcosa, riprendersi le parti del corpo che erano sue.

Si guarda allo specchio.

Tenta di immaginare il proprio cranio.

Si sposta in soggiorno. Si guarda intorno nell'appartamento, che è stato rivoltato dai tre fratelli in cerca di ricordi da portarsi via. Album di foto aperti sul pavimento, antine spalancate in cucina, quadri tolti dai muri e appoggiati per terra. Sembra che siano passati i ladri. Entra in camera e vede il letto disfatto, con le lenzuola arrotolate nell'ultima notte insonne della mamma. Si spoglia, aspetta un momento e poi si sdraia. Non vuole andare a casa. Vuole dormire lì, nel suo letto. Un posacenere sul comodino, piccoli mozziconi sul fondo in mezzo ai quali spunta una fila di sigarette schiacciate, fumate a metà, il posacenere somiglia a una pettinatura punk, ricordo delle ultime settimane in cui la mamma non aveva nemmeno le forze di fumare.

Tira fuori la lettera. Alla debole luce della lampada la rilegge. Sente la voce della mamma, che ha imparato a conoscere così bene, che sentiva fin nei minimi dettagli, nella quale percepiva sfumature che nemmeno lei conosceva; legge e si ferma come sa che avrebbe fatto la mamma. Assorbe il testo con attenzione, lentamente, come se non potesse più vedere la lettera e dovesse memorizzarla. Poi se la appoggia sul petto. Spegne la luce. Ha quattro anni, in una camera che non ricorda, su un letto che non riconosce. La mamma gli solleva la maglia del pigiama e gli fa il solletico sul busto, dice di essere una formichina e fa passare l'indice e il medio sulla pancia e Benjamin ride, la mamma dice che adesso arriva un'altra formichina e fa correre entrambe le mani, e Benjamin si gira e si volta scalciando come un matto finendo per colpire la mamma in testa con un calcio. Lei fa qualche passo indietro tenendosi la fronte, mormora qualcosa tra sé. Benjamin si siede sul bordo del letto. Dice scusa, scusa mamma, non volevo. Lei dice che non fa niente, si tiene ancora la mano sulla testa. Si avvicina a lui, vede che piange e lo abbraccia, lo stringe: «Non fa niente, tesoro. Tutto a posto».

Benjamin si volta nel letto. Fuori è finalmente nero, finalmente notte estiva. Prende il telefono e chiama Pierre. Lui risponde dopo molti squilli. Sente subito che non è in sé, la voce grossa, impastata.

«Gira tutto» dice.

Pierre è appena andato a letto, ha preso dei sonniferi. Non riusciva a dormire, ha visto la confezione e ha pensato che fosse una buona idea.

«Quanti ne hai presi?» domanda Benjamin.

«Uno» risponde Pierre in fretta, poi aggiunge, in tono riflessivo e un po' scaltro: «Forse, o forse ne ho presi due».

Pierre appoggia il telefono, c'è un rumore, Benjamin sente i passi lenti sul pavimento, il fratello va a prendere qualcosa e torna.

«Due!» esclama. «Ho qui il blister. Ne ho presi due, poi ho deciso di mettermi alla prova e vedere quanto riuscivo a stare sveglio.»

Ridacchia.

«Non è andata male, adesso però...» Sospira, all'improvviso abbattuto. «Mi gira tutto.»

Benjamin ascolta uno sproloquio confuso che poi tace, e sente soltanto il respiro di Pierre.

«Pronto» dice. «Ci sei ancora?»

«Che cazzo di lampada è?» Si zittisce di nuovo per qualche secondo. «Come cazzo si spegne?»

Chiudono la chiamata e lo schermo del cellulare brilla della sua pallida luce ancora un momento, poi si spegne e la stanza torna nera. Benjamin cerca di seguire le istruzioni della terapista in caso di insonnia. Prendere un pensiero, considerarlo e poi liberarsene. Prendere il successivo, considerarlo e liberarsi anche di quello. È l'ultimo passaggio però che non gli riesce, i pensieri si inanellano uno nell'altro, e lui si infila in associazioni sempre più profonde, dimentica quello che sta facendo, deve ricominciare. Riprende il telefono, fa il numero di Nils. Lui risponde come fa sempre, in modo formale, dicendo il proprio cognome.

«Ti ho svegliato?»

«No. Sono a letto. Stavo giusto per spegnere.»

Benjamin sente vagamente della musica classica in sottofondo.

«Ho riletto la lettera della mamma.»

«Sì» dice Nils piano.

«È assurdo...»

«Cosa?»

«Che non sia riuscita a dircelo quando era viva.»

«Lo so.»

Sembra tranquillo. Così radicato in ciò che è appena successo. Benjamin ha sempre avuto la sensazione che Nils abbia superato l'infanzia perché non le ha mai permesso di avvicinarsi a lui. A volte si è perfino domandato se Nils possa essere felice. Ogni tanto lo sembra, le sporadiche volte che si incontrano. Ma in momenti in cui Nils non è controllato, quando versa il caffè in cucina o quando si mette alla finestra a guardare fuori, Benjamin riesce a vedere il dolore rilucere nei suoi occhi come un piccolo bagliore di fosforo.

«Posso chiederti una cosa?» dice Benjamin.

«Dimmi.»

«Il giorno del tuo diploma, te lo ricordi?»

«Sì.»

«Il giorno dopo sei andato in America Centrale. Dovevi partire la mattina presto. Ti ricordi?»

«Sì.»

«Ero a letto e ho sentito i rumori fuori dalla porta, ti ho sentito andare via. Perché non sei venuto a salutarmi?»

«Non ho potuto.»

«Potuto?»

«La mamma e il papà hanno detto che stavi male. Che non dovevamo disturbarti.»

Al telefono cala il silenzio. I respiri dei fratelli, la musica soffusa in sottofondo.

«A domani, Benjamin.»

«A domani.»

«Andrà tutto bene.»

«Sì.»

La tarda notte volge verso la mattina presto.

Riaccende la luce, si siede sul letto della mamma e rilegge la lettera. Un singolo foglio, scritto davanti e dietro, con la sua grafia inconfondibile, poco chiara in alcuni punti, ma comunque cristallina, senza esitazioni, un testo che tende fili tra i decenni, che collega tutto da lì fino alla casa di campagna, una letterina semplice piena di ciò che tutti avevano sulla bocca, ma che non è mai stato detto.

La stanza si rimpicciolisce.

Chiude gli occhi e forse dorme, crede che sia così, perché quando li riapre c'è più luce. Guarda fuori dalla finestra, sul punto più alto della facciata del palazzo vede uno spicchio di sole. Un angolino giallo nel cemento grigio.

23

La corrente

«Non so come sono uscito dall'acqua. Probabilmente non ero cosciente. Il mio ricordo successivo è che ero sul ponte di un motoscafo, ho sentito delle voci concitate intorno a me, ho percepito delle mani sulla schiena. E mi ricordo di essermi vomitato sulle mani l'acqua che avevo nei polmoni ed era calda e ho pensato che era bello.»

Durante il racconto ha tenuto gli occhi bassi, ma ora finalmente ha alzato lo sguardo, incrociando quello di lei. La terapista ha preso degli appunti sul suo quaderno, durante le sedute glieli ha tenuti nascosti ma una volta lui ha visto i tratti furiosi che aveva fatto con l'inchiostro, zampe di gallina, mezze frasi, qualche incomprensibile parola di supporto.

«Ecco tutto» ha detto Benjamin. «Poi sono finito qui da lei.»

Era la terza seduta. Due ore alla volta, secondo uno schema ben preciso. Lei era stata molto chiara. Prima la gestione di persone che avevano tentato il suicidio era quasi sempre farmacologica, aveva detto. Si parlava di diagnosi e terapie. Ormai si sapeva che il racconto del paziente era centrale, aveva definito Benjamin specialista, esperto della propria storia, e lui era rimasto scioccamente emozionato da questa cosa, quasi commosso, forse perché lei non gli aveva dato del malato, anzi: lui aveva delle opinioni fondamentali. Mentre raccontava lei era stata per lo più in silenzio, a volte gli aveva fatto delle domande, alcune indicavano che aveva parlato con i suoi fratelli, e lui non aveva niente in contrario, aveva dato la sua approvazione. Ora dopo ora del suo resoconto. Era tutto lì. Alla prima seduta si era stupito di notare che lo studio aveva due accessi. Uno veniva utilizzato come entrata e l'altro come uscita, un'idea geniale, un sistema di chiuse che minimizzava il rischio di incontri. Eppure Benjamin aveva sentito subito di poterne sapere più di quanto volesse sugli altri pazienti. Al primo incontro gli scappava la pipì, attraverso le pareti sottili del bagno dei pazienti poteva ascoltare le conversazioni, poco prima di tirare lo sciacquone aveva sentito una persona scoppiare a piangere. Lo studio era grande, un lungo corridoio, e dietro le porte avevano luogo file di tormenti. Benjamin aveva bussato delicatamente alla porta che la receptionist gli aveva indicato e si era sentita una voce dall'interno: «Sì?». Il tono stupito, come se non si aspettasse alcuna visita. Era entrato. La terapista era un donnone in una stanzetta, due poltrone profonde e una scrivania. Si erano seduti di fronte e lui, l'esperto di se stesso, aveva raccontato la propria storia, lei lo aveva ascoltato e le ore si erano sommate una all'altra, era stato disegnato un ritratto dell'infanzia e dell'adolescenza, e adesso aveva finito.

«Bene» ha detto la donna sorridendogli.

«Bene» ha risposto lui.

Si è chinata sulla scrivania, ha segnato ancora qualche appunto. Erano passate due settimane dalla morte della mamma. Dodici giorni da quando lui aveva deciso di tuffarsi in mare e nuotare fino a non avere più forze. Il primo giorno dopo essere stato ripescato lo aveva passato in ospedale. Il giorno dopo gli avevano chiesto se aveva intenzione di farsi di nuovo del male, e aveva detto la verità rispondendo di no. Gli avevano chiesto se era pronto a sottoporsi a una terapia psichiatrica specializzata e aveva detto di sì. Lo avevano lasciato tornare a casa. Poi erano arrivati giorni di cui si ricorda pochissimo. Stava a casa e non usciva. Si ricorda che tutti e due i fratelli erano andati a trovarlo. Si ricorda che Pierre aveva portato un dolce arrotolato e lui non ne vedeva uno dall'infanzia. Non ricorda granché dei discorsi, ma si ricorda di quel dolce. Solo qualche giorno più tardi, quando aveva iniziato la terapia, era tornato lentamente in sé. Tre giorni spalmati su una settimana, le sedute lo inchiodavano alla realtà, lo tenevano bloccato a terra.

«È la terza e ultima volta che ci vediamo» ha detto la terapista. Ha guardato con discrezione l'orologio appeso sopra la testa di Benjamin. «Vorrei dedicare il tempo che rimane per tornare a un episodio specifico del suo racconto, spero vada bene per lei.»

«Certo.»

«Vorrei che parlassimo ancora un po' di quanto è successo nella cabina di trasformazione.»

Ha avvertito un ronzio nella tasca posteriore, ha preso il cellulare. Un messaggio dal gruppo creato da Nils la sera stessa della morte della mamma. Lo aveva chiamato "Mamma" e Pierre lo aveva subito rinominato "Mommi", Benjamin non capiva bene perché. Uno scherzo? Non l'avrebbero mai chiamata così da viva. Lo ha letto in fretta e ha appoggiato il telefono sul tavolo accanto alla poltrona.

«Mi sembra un po' scosso» ha detto la terapista.

«No, non è niente» ha risposto lui. Ha bevuto un goccio d'acqua che c'era sul tavolo. «Nils ha scritto che vuole mettere *Piano Man* al funerale.»

«*Piano Man*?»

«Sì, la canzone.»

Mancava meno di un giorno al funerale. Nils, quasi ossessionato, programmava fin nei dettagli. Ha scritto in un messaggio che era la canzone preferita della mamma e per questo sarebbe stata perfetta, e anche Benjamin aveva un ricordo di lei che la metteva ai bambini quando erano piccoli, diceva a tutti di stare zitti e gli chiedeva di ascoltare attentamente il testo, e quando finiva diceva: "Mu-ah!" facendo un gesto con la mano sulle labbra, come se strappasse un bacio dalla bocca e lo lanciasse nella stanza. A Benjamin non interessava se la mettevano o no al funerale. L'ansia però lo ha assalito all'improvviso, perché sapeva a cosa dava il via il messaggio, sapeva che Pierre non avrebbe permesso a Nils di cavarsela. Un nuovo ronzio. Benjamin si è chinato in avanti a guardare.

"Ahah" ha scritto Pierre.

Poi ci si è preparati agli attacchi, i tre pallini nel riquadro della chat hanno saltellato, puntini animosi della malignità di Pierre e del modo di offendersi di Nils che ballavano sullo schermo.

"Cosa intendi" ha scritto Nils.

"Scusa. Credevo che scherzassi. Una canzone su un artista ubriaco che suona il piano nei bar di squallidi alberghi. Al funerale della mamma. Ma dici sul serio?"

"Alla mamma piaceva. Perché non va bene?"

"La mia canzone preferita è *Thunderstruck* degli AC/DC. Secondo te la voglio al mio funerale?"

Poi il silenzio. Ancora una ferita da aggiungere alle altre, altri fili sottili che si spezzavano tra i fratelli. Benjamin ha infilato il telefono in tasca.

«Il funerale è domani?» ha domandato la terapista.

«Sì.»

Ha sorriso immobile. «Dunque» ha detto chinandosi in avanti sulla poltrona. «Vorrei che ci soffermassimo un momento sulla cabina di trasformazione.»

«Okay.»

Non ne capiva il senso. Aveva raccontato tutto ciò che ricordava di quel giorno. Aveva raccontato tutto ciò che ricordava dell'infanzia, condiviso cose che aveva passato con i fratelli, ma di cui non aveva mai parlato con nessuno, nemmeno con loro. Aveva parlato delle fascette di betulla e dei ranuncoli, aveva condiviso anche i ricordi più difficili, cose che lo avevano cambiato. La cantina interrata. La festa di mezza estate. La morte del papà. Il pensiero era che in quel modo avrebbe capito se stesso, si sarebbe visto come la somma dei suoi racconti. Le storie però erano sparse come mattoncini di Lego davanti a lui e alla terapista e Benjamin non sapeva come riassemblarli. Capiva che ciò che faceva a se stesso dopo la morte della mamma era una conseguenza di tutto il resto. Non riusciva a capire in che modo.

«E credo che adesso dobbiamo fare un grande passo» ha detto la donna. «Un passo che può essere ostico. È d'accordo?»

«Va bene.»

«Voglio che torniamo alla cabina di trasformazione.»

Si vede davanti il casotto nella radura. Ci arriva un sentiero, poco battuto, forse per niente, forse non c'è nemmeno un sentiero. I suoni delle zanzare e un uccello vicinissimo, poco distante un sibilo dal casotto, un mormorio quieto dell'elettricità che schiumava dai cavi all'interno, rimbalzava in giro e si distribuiva sopra le casette nei boschi. Da lontano la casa sembrava quasi idilliaca. Un casotto nel bosco, tutto lì, e fuori un giardino di elettricità, pali in file simmetriche con i cappelli neri che scintillavano nel sole pomeridiano. Non c'era quasi vento. Si ricorda che era entrato per ultimo, dietro i fratelli, si ricorda le loro nuche davanti a sé.

«Sei con i tuoi fratelli e ti avvicini alla cabina di trasformazione e apri il cancello rotto» ha detto la terapista. «Adesso sei dall'altro lato della recinzione. Entri nel casotto. Riesci a vederlo davanti a te?»

«Sì.»

Si ricorda l'umidità nera lungo le pareti. Il rombo dell'elettricità che correva nei cavi. Una lampadina baluginante che emetteva un pallido bagliore, si ricorda di aver pensato che era strano: tutta quell'elettricità eppure la lampadina sul soffitto non riusciva a illuminare di più? I fratelli sovraesposti alla luce del sole diventavano bianchi, sentiva le loro voci, richiami lontani catturati dal vento, Nils che gli diceva di uscire. Diceva che era pericoloso. Quando Benjamin si avvicinò alla parete di elettricità le voci all'esterno si intensificarono, ma niente arrivava fino a lui, soltanto deboli grida lontane, come l'eco dall'altra parte del lago nelle serate senza vento in cui lui e Pierre giocavano a rimbalzello in riva.

«Sei dentro il casotto» ha detto la terapista. «Hai il cane in braccio e sei vicinissimo ai cavi. Cosa stai pensando?»

«Che sono invincibile.»

Si ricorda che era al centro di un flusso di corrente furiosa... e non ne veniva toccato! La sensazione di poter fare ciò che voleva, perché nulla lo raggiungeva. Era nel mezzo dell'uragano, intorno a lui tutto veniva distrutto, ma a lui non si torceva un capello in testa. Era come se la corrente che ribolliva sulle pareti appartenesse a lui, si era inserito nel nucleo, aveva vinto, tutta la forza lì dentro era sua.

«Ti volti verso l'uscita» ha detto la terapista. «Guardi i tuoi fratelli. Sei troppo vicino ai cavi. Non tocchi niente, ma vieni lo stesso colpito dalla corrente.»

Si ricorda l'esplosione. Si ricorda i secondi precedenti. Riusciva a far variare il rumore con i movimenti del braccio. Sollevò la mano verso la corrente e quella rispose. Ogni volta che si avvicinava ai cavi con la mano i fratelli gridavano più forte. Gli piaceva vederli agitati. Li prendeva in giro, li guardava stare lì con le dita sulla rete. Poi la stanza si colorò di blu, il calore sulla schiena e l'esplosione bianca, lui impallidì e scomparve.

«Ti svegli per terra nel casotto. Non sai quanto tempo sei rimasto incosciente. Ma alla fine ti svegli. Vedi la scena davanti a te?»

«Sì.»

Si ricorda la guancia sulla ghiaia. La schiena non esisteva più, cos'altro mancava? Non osava guardare, perché non voleva sapere cos'altro aveva perso. Guardò verso l'uscita, verso il recinto. Dove sono i miei fratelli? Avevano assistito all'esplosione, erano stati testimoni del suo andare in pezzi, avevano visto il suo corpo bruciare. Eppure lo avevano abbandonato. Si ricorda di essersi svegliato e riaddormentato. Guardò fuori, il sole si era mosso in direzione contraria, era tornato primo pomeriggio.

«Hai ripreso conoscenza. Ti svegli. Ti accorgi del cane. È a terra poco distante da te. Ti avvicini a lei, ti siedi per terra e la prendi in braccio, la stringi. Te lo ricordi?»

«Sì.»

Si ricorda la vergogna.

Il dolore non era niente, non si sentiva più, la schiena era andata ma lui aveva perso la capacità di provare qualcosa di diverso dalla vergogna. La teneva mentre il sole saliva e scendeva a una velocità folle, il cielo stellato in varie forme che calavano verso il casotto. Clangori dal bosco, alti e ronzanti, come rumori sgradevoli di costruzioni che si piegano e si spezzano, venti miti, selvaggi, che andavano e venivano, gli abeti si chinavano e si placavano, gli animali si fermavano fuori dal casotto, guardavano dentro e proseguivano, lui che si era sempre sentito per metà fuori dalla realtà, come se si osservasse da un altro luogo. Non era soltanto al centro di se stesso, era al centro dell'universo. La teneva vicina, se la premeva al petto, era fredda.

«Stringi il cane» ha detto la terapista. «La stringi e la guardi. La vedi?»

«Sì» ha risposto Benjamin.

«Cosa vedi?»

Si ricorda di averla cullata per tranquillizzarla, delicatamente, come se dormisse. Si ricorda di aver pianto sul suo viso e sembrava che le lacrime fossero di lei.

«Non stai vedendo un cane, vero? Ora che te la vedi davanti, è una bambina, giusto?»

All'esterno del casotto i mondi scorrevano, lui guardava fuori attraverso uno spiraglio in cui passavano i millenni, e poi lei, la piccola, che era stata legata a lui fin dal primo istante, che era sotto la sua protezione, non solo quel giorno ma anche tutti gli altri, e lui seduto lì per terra, la stringeva esanime, la soppesava tra le braccia, e piangeva per aver fallito nell'unica cosa per cui era stato mandato sulla terra.

«Hai in braccio la tua sorellina, vero?»

24

Ore 0

Una volante della polizia attraversò lentamente la boscaglia azzurra, percorrendo lo stretto sentiero sterrato giù verso il giardino. Benjamin se lo ricorda bene, perché era in ginocchio sull'erba e niente di quanto era successo aveva trovato appiglio dentro di lui, e quella volante, i lampeggianti erano come una realtà che pretendeva di entrare, una cosa del mondo circostante che voleva sapere cos'aveva fatto.

Si ricorda le due agenti che scesero. Si ricorda che la mamma si rifiutò di lasciar andare Molly quando provarono a intervenire. Parlarono con il papà, si ricorda il suono del loro mormorio nel crepuscolo, e il papà indicò discretamente Benjamin, poi andarono tutti da lui, si avvicinarono da direzioni diverse. Si ricorda che le due donne erano gentili, gli misero addosso una coperta nel freddo della notte estiva, gli posero delle domande e furono pazienti se non riusciva a rispondere. Si ricorda che dopo un po' arrivò un'altra volante. E un'ambulanza. E poi una serie di mezzi, un furgone della compagnia elettrica, altre auto, parcheggiarono in modo sbilenco sul sentiero sterrato in pendenza. Le persone scomparvero nel bosco, verso la cabina di trasformazione, e tornarono indietro. Alcuni estranei telefonavano dalla cucina.

Di colpo c'era un sacco di gente. Quel posto che era sempre stato deserto, dove nessun altro se non la famiglia aveva mai messo piede, brulicava di persone che volevano arrivare a lui, con le loro domande volevano rendere reale il suo crimine.

Ha ripreso a camminare.

Dallo studio della terapista alle porte meridionali della città, sui ponti, attraverso i vicoli sgombri di Gamla stan e lungo le banchine fino al centro. Ha camminato finché non è calata la notte estiva, e adesso supera di nuovo l'ingresso della metropolitana con la scala mobile rotta, i tavolini dei locali dove andava a bere con la mamma. Quando arriva al portone di casa della madre trova i fratelli ad aspettarlo.

«Hai pianto?» domanda Nils.

«No, no» risponde Benjamin.

Entrano nell'atrio, nel silenzio sentono l'uno il corpo dell'altro nell'ascensore stretto. La targhetta con il nome è già stata rimossa. È un gesto insensibile che si sposa con i contatti che per il resto Nils ha avuto con il padrone di casa. Soltanto un giorno dopo che Nils ha comunicato la morte della madre e che hanno richiesto la disdetta del contratto ha ricevuto un messaggio dal padrone di casa in cui diceva che avevano ispezionato l'appartamento e constatato che non c'era affatto "puzza di fumo", come aveva fatto intendere Nils quando ne aveva descritto le condizioni, era da considerarsi danneggiato dal fumo e doveva essere ripulito immediatamente. Bisognava liberarlo prima del previsto, per questo i fratelli sono lì nel mezzo della notte, il giorno prima del funerale della mamma, per portare via gli ultimi ricordi prima che venga svuotato e tutto svanisca.

Nils apre la porta e fa un giro accendendo le luci, la casa comincia a illuminarsi. La mamma comprava soltanto lampade degli anni Cinquanta e le metteva sulle mensole e sul soffitto, tutte quelle fonti di luce marrone, giallo e arancione inondano l'appartamento di qualcosa che ricorda il sole serale su un pontile a giugno. I fratelli partono a cercare cose per ricordare la mamma, mentre Benjamin rimane nell'ingresso. Li guarda, li vede cercare a tentoni nelle librerie e passare in rassegna i cassetti dei mobili, gli sembra di tornare alle vigilie di Pasqua dell'infanzia, i bambini in pigiama a caccia delle uova di cioccolato che il papà aveva nascosto negli armadi. Nils trova una piccola scultura di legno che toglie dalla mensola. Pierre scova l'album di foto della mamma e si siede per terra in soggiorno, subito assorto, in un attimo dimentica l'obiettivo della visita.

«Guarda qui» dice a Nils mostrando una foto. Nils ride e si siede accanto al fratello. Se ne stanno lì sul pavimento, scalzi, come bambini in corpi enormi, come se fossero diventati adulti contro la propria volontà, guardano ammirati le fotografie di sé da piccoli tentando di capire cos'è successo. Benjamin entra in cucina. Del tabacco per terra, chiazze di marmellata che luccicano leggere nel bagliore del lampadario. Piccoli cenni della mamma ovunque, segni di morsi sulle matite appuntite, temperate con il coltello, sul tavolo. Pentole con il fondo bianco su cui il latte si è bruciato per decenni. Rossetto sul bordo della tazza di caffè sul lavello. Un piatto solitario con la sagoma della salsa di pomodoro. Benjamin apre il frigorifero, un'altra fonte di luce gialla diffonde il suo bagliore sul pavimento, gli scomparti pieni di medicinali, piccole confezioni con bugiardini appiccicati come ali, blister di pastiglie di plastica bianca, foglietti di stagnola e triangoli rossi in tutta la stanza. La presenza della mamma è totale, quando Benjamin rovista tra gli oggetti prova un senso di colpa nel mettere le mani senza prima chiedere a lei. Apre il freezer. Ogni superficie è coperta da panzerotti confezionati singolarmente, una misura d'emergenza dei fratelli di un mese prima per far mangiare la mamma di più. L'avevano portata al supermercato, le avevano fatto fare un giro nel reparto surgelati per invogliarla, le avevano fatto vedere alcuni piatti. Aveva voluto soltanto i panzerotti.

«Ma non puoi mangiare solo quelli» aveva detto Nils.

«Certo che sì» aveva risposto lei.

Erano tornati a casa con tre sacchetti pieni e mentre li infilavano tutti in freezer la mamma accanto a loro diceva "delizioso" e "ottimo" a ogni panzerotto che mettevano via. E Benjamin si ricorda i messaggi che lei mandava la sera come resoconto di quanto ingerito – "oggi due panzerotti!" – con il minimo risultato di tranquillizzarli. Altrettanto spesso però voleva inquietarli. Utilizzava il proprio stato di salute come un modo per controllarli. "Peso 40 chili!"

Come un lattonzolo.

«C'è parecchio cibo qui» dice Benjamin a Nils e Pierre, che si alzano e lo raggiungono in cucina.

«Ohi» commenta Nils. «Facciamo per tre?»

«In che senso?» domanda Pierre.

«Ce li dividiamo?»

«Vuoi che ci portiamo a casa il cibo della mamma e lo mangiamo? Sei serio?»

Nils prende in mano un panzerotto e lo fa vedere a Pierre.

«Ci saranno venti chili di roba nel freezer» dice. «Comprato da poco e conservato bene. Dobbiamo buttarlo solo perché ricorda la mamma? Non capisco.»

«No, va bene, però prendili pure tutti tu» ribatte Pierre.

«Non sto dicendo che li voglio tutti. Possiamo dividerli.»

«Per me non c'è problema.»

Pierre se ne va, Nils lo guarda entrare in bagno. Hanno creato dei mucchietti sul pavimento del soggiorno. Ci sono dei piatti, una ciotola e un piccolo quadro. In quello di Pierre Benjamin vede il salvadanaio, un barattolo per conserve che la mamma ha lavato, messo sul tavolo dell'ingresso e riempito di soldi. Sono quasi tutte monete più un paio di banconote. L'idea era che i fratelli si trovassero per portare via oggetti di valore affettivo. Quello che sta facendo Pierre con il barattolo è prendere i contanti della mamma.

«Posso prendere questi?» domanda Pierre dal bagno. Mostra un blister con i sonniferi della mamma.

«Vai» risponde Nils.

Butta la confezione nel suo mucchietto. Benjamin rivede il barattolo dei soldi. Una sensazione di infanzia, di ingiustizia tra i fratelli. Vuole dirglielo, non è un manufatto quello che vuoi portarti via, è denaro. È l'eredità. Ma non è in grado di prevedere la reazione di Pierre, conosceva i fratelli a memoria molto tempo fa. Tutti gli anni in cui praticamente non si sono frequentati, e adesso questo contatto intenso, con una tensione costante sul fondo. Non sa come siano davvero gli altri due al di là delle questioni pratiche, non riesce a vederli fuori dalla morte della mamma. Si ricorda di una volta in cui avevano deciso di vedersi, nell'anniversario della morte del papà. Erano rimasti un momento in silenzio davanti alla tomba, poi erano andati a prendere un caffè e un dolce in un bar. Benjamin aveva chiesto ai fratelli se stavano bene e loro avevano risposto brevemente e senza coinvolgimento, rapidi cenni affermativi tra i bocconi, e Benjamin gli aveva detto per la prima volta che non stava bene. Ovviamente loro avevano mostrato compassione, ma si capiva che non volevano parlarne. Benjamin aveva detto che credeva di essere triste da adulto per delle cose che erano successe a tutti e tre da bambini. A quel punto Pierre era scoppiato a ridere e aveva detto: «La mattina in doccia fischietto». Probabilmente era vero, forse lo fa. Forse è lui l'unico dei fratelli che non si è mai rialzato. Può essere per questo che oggi si sente così male a stare vicino a loro? E in qualche modo i ruoli tra loro sono cambiati. Da bambini erano sempre lui e Pierre, Nils accanto o tre metri indietro. Si ricorda di una volta, da piccoli, in cui erano tutti e tre in macchina e Nils aveva scovato una gomma da masticare di cui uno degli altri due si era stufato e l'aveva appiccicata sullo schienale davanti. Lui aveva preso una penna, si era messo a staccarla e se l'era infilata in bocca. Benjamin e Pierre lo avevano guardato schifati, poi si erano guardati tra loro, avevano fatto una smorfia discreta, come molte altre volte, e Nils aveva detto tranquillo: «Secondo voi non vedo cosa state facendo?». Forse se lo stava immaginando, ma nell'ultima settimana aveva percepito di subire lo stesso dai fratelli, che si scambiavano occhiate tra loro che lui non doveva vedere.

«Oh, santo cielo!» esclama Nils dalla camera.

Pierre e Benjamin lo raggiungono. È accanto alla piccola scrivania della mamma che dà sulla finestra. Ha aperto il primo cassetto. Tiene in mano una busta che porge agli altri, con l'inconfondibile grafia della mamma. C'è scritto: "Se muoio".

Si siedono uno accanto all'altro sul letto, tre fratelli in fila, e leggono la lettera della mamma.

Ai miei figli.

Mentre scrivo questa lettera Molly compie vent'anni. Sono stata al cimitero a mettere un fiore. Il giorno del suo compleanno è sempre tutto più tangibile, così come quando si avvicina l'anniversario della sua morte. Vivo una vita parallela insieme a lei. Quando ha compiuto sette anni ho comprato una torta e l'ho mangiata al parco e riuscivo a vedermela davanti, girava in cerchio intorno a me, barcollante e felice su una bicicletta, con il vento tra i capelli. Quando è diventata adolescente a volte riuscivo a immaginare di vederla dallo spiraglio della porta del bagno, la osservavo di nascosto mentre si truccava, si chinava verso lo specchio, concentrata, doveva andare in centro con gli amici.

Continuo a fare il genitore in silenzio. Ho letto che è normale e me lo concedo. Non è triste, forse il contrario. Riesco a ricrearla in modo così dettagliato che diventa vero. Posso essere di nuovo la madre di mia figlia, per un breve istante.

Mi hanno detto che il lutto è un processo, con delle fasi. E dall'altro lato mi aspetta la vita. Non la stessa vita, ovvio, un'altra. Non era vero. Il lutto non è un processo, bensì una condizione. Non cambia mai, rimane come pietra.

E ti rende muto.

Pierre e Nils. Ho pensato di parlare con voi così tante volte che alla fine ho creduto di averlo fatto. Devo averlo fatto. Quale mamma non l'avrebbe fatto? Perdonatemi per tutto ciò che non ho mai detto.

Benjamin. Hai dovuto portare tu il fardello più pesante. Più di tutto mi dispiace per te. Non ti ho mai dato la colpa, mai. Solo non sono mai riuscita a dirtelo. Se nel mio mutismo di questi anni fossi riuscita a dirti una sola cosa sarebbe stata: non è stata colpa tua.

A volte ti guardo, quando ci vediamo. Te ne stai un po' in disparte, magari in un angolo, a osservare. Sei sempre stato uno che osserva, e cerchi ancora di prenderti la responsabilità per noi altri. A volte fantastico anche su di te, su chi saresti diventato se questo non fosse successo. Penso spesso a quel pomeriggio quando sei tornato dal bosco con Molly in braccio. Ho dei ricordi così nitidi di lei, la guancia fredda, i ricci al sole. Ma non riesco a vederti da nessuna parte davanti a me. Non so dove sei finito, non so chi ti ha preso per mano.

Non ho fatto testamento, perché non ho nulla da lasciarvi. Non mi interessano i particolari riguardo alla mia morte. Però ho un'ultima volontà. Riportatemi alla casa di campagna. Spargete le mie ceneri nel lago.

Ma non voglio che lo facciate per me, so di aver perso ogni diritto di chiedervi qualcosa. Voglio che lo facciate per voi. Mettetevi in macchina, fate la strada più lunga. È così che voglio vedervi, insieme. Tutte quelle ore di viaggio, nella solitudine del lago, nella sauna al calare del sole, quando sarete solo voi e nessuno vi ascolterà. Voglio che facciate quello che non avete mai fatto: parlatevi.

Vi farò leggere questa lettera solo quando sarò morta, perché ho paura che pensiate che ciò che ho fatto a voi sia imperdonabile. Non lo so, ma possiamo immaginare che io sia con lei adesso. Che possa tenerla di nuovo in braccio. E voi arriverete più avanti, e allora avrò un'altra occasione per amarvi.

Mamma

Benjamin appoggia la lettera sulle gambe. Pierre si alza subito, si avvia verso il balcone, mentre esce cerca il pacchetto di sigarette nelle tasche. I due fratelli lo seguono lentamente. Stanno lì uno accanto all'altro, loro che sono rimasti, a guardare la città che dorme. Pierre fuma con veemenza, la sigaretta un puntino luminoso nel buio. Benjamin allunga la mano e Pierre gliela passa. Fa un tiro, la passa a Nils. Pierre ride. Il sorriso dolce di Nils nella luce cupa. Fanno passare la sigaretta e si guardano lì sul balcone, non c'è bisogno di parlare, un breve cenno del capo, o forse soltanto il pensiero di un cenno. Lo sanno già, hanno già il viaggio dentro di sé, come se si fosse già svolto, quello che deve portarli sul punto dell'impatto, passo dopo passo indietro nella storia, per sopravvivere un'ultima volta.

Ringraziamenti

Fin da quando ho iniziato a scrivere, il mio sogno è stato di avere un giorno la possibilità di pubblicare un libro all'estero. Ora che questa irrealtà si è verificata ho molte persone da ringraziare.

Primo tra tutti Daniel Sandström, il mio editor alla Albert Bonnier. Nel bel mezzo della vita è una cosa importante incontrare una persona con cui di colpo si sente una tale affinità. C'è qualcosa di misterioso al riguardo, come se ci conoscessimo da tempo, come se avessimo discusso di lettura e letteratura fin da piccoli. Voglio ringraziare anche la mia redattrice Sara Arvidsson, che è stata una forza in tutto il lavoro di questo libro. Mi è sempre piaciuto ritoccare i testi, mi piace l'idea che non siano mai davvero finiti, che si possa sempre fare qualcosa di più, ma in Sara ho trovato un vero supervisore. Ho anche avuto la fortuna di essere circondato da amici che si sono offerti di leggere durante il percorso. In particolare voglio ricordare il mio amico Fredrik Backman. Non so quante ore gli ho richiesto durante il lavoro. 100? 200? Il fatto che il suo prossimo libro sia un po' in ritardo può dipendere da me. Voglio ringraziare Sigge Eklund, Calle Schulman, Klas Lindberg, Josefine Sundström, Magnus Alselind e Fredrik Wikingsson.

Voglio ringraziare anche la mia agente Astri von Arbin Ahlander della Ahlander Agency. Tutti gli scrittori svedesi vogliono lavorare con Astri, ma lei non vuole lavorare quasi con nessuno. Per questo sono grato che abbia creduto in me e nella mia scrittura.

Astri ha anche cambiato per sempre la mia visione di ciò che fa un agente. Pensavo dispensasse titoli alle fiere del libro e basta. Ovviamente Astri ha fatto proprio questo – e che il libro sia stato venduto in tanti paesi è merito solo suo e del suo team –, ma è anche una delle lettrici più sensibili che conosca e per tutto il processo le sue opinioni riguardo al testo sono state semplicemente impareggiabili.

Voglio anche ringraziare tutti i miei editori stranieri, che hanno immediatamente preso a cuore i fratelli permettendo loro di fare un incredibile viaggio intorno al mondo.

E infine voglio ringraziare la persona più importante, mia moglie Amanda. È la mia prima e ultima lettrice. Non lascio uscire una sola riga senza che lei l'abbia letta. Non sopravvivo senza di lei, né nella vita né nella scrittura.

Indice

Seconda parte

DALL'ALTRA PARTE DELLO STERRATO

Mondadori Libri S.p.A.

Questo volume è stato stampato
presso ELCOGRAF S.p.A.
Stabilimento - Cles (TN)

Stampato in Italia - Printed in Italy